集英社オレンジ文庫

ホテルクラシカル猫番館

横浜山手のパン職人《ブーランジェール》4

小湊悠貴

JN054164

本書は書き下ろしです。

Contents

Check In　ことのはじまり　006

一泊目　思い出はバターの香り　021

Tea Time 一杯目　091

二泊目　箱入り娘の憂鬱　095

Tea Time 二杯目　149

三泊目　シンデレラではないけれど　153

Tea Time 三杯目　201

四泊目　1／2のメロンパン　205

Tea Time 四杯目　261

Check Out　ことの終わり　265

本文イラスト／ｍｏｍｏ

Butter roll

Brioche à tête

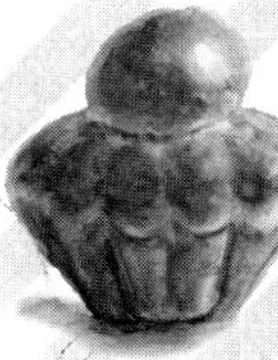

ホテル
クラシカル
猫番館

横浜山手のパン職人《ブーランジェール》4

Pain perdu

Melon bread

Check In

ことのはじまり

タクシーから降りたと同時に、凍《こご》えるような冷気が顔を突き刺した。

「ご利用ありがとうございました」

後部座席のドアが閉まり、タクシーが走り去っていく。

その車体が見えなくなると、彼は大きく息を吐き出した。今日は一段と冷えこんでいるため、吐息が白い煙のように立ちのぼる。大晦日《おおみそか》を迎えた世間はせわしないが、このあたりはそんな世界から隔絶されたかのごとく、静寂に包まれていた。

「行くか……」

ビジネス用のキャリーバッグを引きながら、彼は目的の家に近づいた。

漆喰《しっくい》で固め、瓦《かわら》が葺《ふ》かれた土塀に囲まれているその建物は、家というより屋敷と表現したほうがふさわしい。格調高い数寄屋門《すきやもん》のかたわらには、インターホンに防犯カメラ、そして「高瀬《たかせ》」と記された立派な表札が取りつけられている。

新年の到来を間近に控え、門の両脇には三本の青竹を使った門松が立てられていた。季節の移ろいを感じながら、インターホンを鳴らす。ややあって、聞き覚えのある女性の声が応答した。

『どちらさまですか?』

「冬馬《とうま》です。ただいま戻りました」

『まあ、お待ちしておりました。どうぞお入りくださいな』

彼——高瀬冬馬が名乗ったとたん、相手の声が明るくはずむ。

冬馬は門を開けて中に入り、玄関に向かう。高瀬家が誇るみごとな日本庭園では、老齢の専属庭師が梅の木を剪定《せんてい》していた。いかにも職人といった雰囲気の彼は、冬馬と目が合うと、無言で会釈《えしゃく》をする。

勤め先の法律事務所では毎年、仕事納めの日に、スタッフ総出でオフィスの大掃除を行うのが恒例だ。アソシエイト弁護士——いわゆる居候《いそうろう》の身である冬馬も、所長《ボス》からハタキを手渡され、埃《ほこり》の除去を命じられた。しかしこの家では普段から掃除が行き届いているため、年末だからといってバタバタと動き回ることはない。

玄関の引き戸に手をかけた冬馬は、ふいに顔を上げた。

どこからともなく流れてきた、香ばしい匂い。この香りは……。

（パン？）

生地からつくって焼いているのか、店で買ってきたものをトーストしているのか。どちらなのかはわからないが、パンであることは確実だろう。

鼻腔《びこう》をくすぐるその香りが、家の中からただよってきていることに、冬馬は少なからず驚いた。この家の長である冬馬の祖父は、洋食を好まない。その意向に従って、高瀬家の食事は常に和食が中心だ。祖父が留守のときに限り、洋食や中華料理が食卓にのぼることもあるとはいえ、頻度《ひんど》は少ない。

（お祖父《じい》さま、出かけているのか？）

少しほっとしながら、引き戸を開ける。パンが焼ける香りがさらに強くなった。

「お帰りなさい。寒かったでしょう」

笑顔で迎えてくれたのは、割烹着《かっぽうぎ》に身を包んだ年配の女性だった。

家族が「琴《こと》さん」と呼んでいる彼女の名は、鈴木琴子《すずきことこ》。夫を早くに亡くし、子もいない彼女は、冬馬が生まれたころから住みこみの家政婦として働いている。還暦《かんれき》をとうに過ぎているのだが、まだまだ元気そうだ。

「時間通りのご到着ですね。冬馬さんのお部屋、あたためておきましたよ」

「ありがとうございます」

手袋をはずしているとき、土間の端に寄せてある靴が目に入った。

ヒールがついた焦《こ》げ茶色のショートブーツは、明らかに女物。来客がいるのかと訊《き》いてみると、琴子は「いいえ」と笑った。

「実はいま、紗良《さら》さんがいらしているんですよ」

「紗良が？」

「九時ごろに来られましたよ。昼食もこちらでお召し上がりになって」

軽く目を見開いた冬馬は、ふたたびショートブーツに視線を落とした。

六つ年下の妹は、自分と同じく、就職を機に家を出た。現在この家で暮らしているのは祖父母と両親、そして大学生の弟だ。

冬馬は都内のマンションでひとり暮らしをしており、鎌倉《かまくら》市内にある実家には、定期的に顔を出している。一方の紗良は予定があるだの仕事が忙しいだのと言って、あまりこの家には寄りつかない。盆と正月には必ず帰省するようにと、祖父から厳命されているのだが、紗良はいつも滞在は最低限にとどめ、一日かそこらで帰っていく。

そんな実家嫌いの妹が、大晦日から戻ってきているとはどういうことか。

「琴さん、この香りはもしや」

冬馬の意を察して、琴子は「ええ」とうなずいた。

「いま、お台所に紗良さんがいらっしゃるんですよ。私が前に、紗良さんが焼いたパンを食べてみたいと言ったのを憶《おぼ》えていてくださって」

琴子は嬉《うれ》しそうに顔をほころばせた。

「大旦那《だんな》様は大奥様とお出かけになっていますので、いまのうちにと」

「ああ、やっぱりお祖父さまはいないのか」

「夕方にはお戻りになるそうですよ。旦那様と奥様も外出中です」

「陸《りく》は？」

「大学のお友だちと、カウントダウンイベントとやらに参加されるとのことで、ついさきほどお出かけに」

「そうですか……」

話をしながら、冬馬は琴子が用意してくれたウエットティッシュでキャリーバッグの車輪を拭き、家に上げた。

高瀬家は代々政治家を輩出している一族で、父は官僚から代議士になった。祖父は数年前、父に後をまかせて引退したが、その影響力は現在も絶大だ。祖父母も両親も、年末年始は自治会の交流イベントやボランティアに参加したり、支援者宅に挨拶《あいさつ》回りをしたりと忙しい。そのため、家事はすべて家政婦が行っている。

この家では琴子のほかに、通いの家政婦も数人雇っている。彼女たちは今日から休暇をとっており、弟も外出したという。どうやらいま家にいるのは、冬馬と紗良、そして琴子の三人だけのようだ。

「冬馬さんはいつまでこちらに？」

「二日の……新年会が終わったら帰ろうかと」

「あら、今回は短いご滞在なんですねえ」

「仕事があるので」

半分は本当だが、半分は嘘《うそ》だった。かかえている案件はあるものの、休暇を返上してまで行うほど急ぎではない。残念そうな琴子には申しわけなく思うが、今回ばかりはいつものように長居をしたくなかったのだ。

「でも二日までいらっしゃるなら、おせち料理をお出しできますね。腕によりをかけてつくりましたから、楽しみにしていてくださいな」

「ありがとうございます。雑煮《ぞうに》もありますか？」

「もちろんですとも。お餅《もち》は市販のものになりますけれどね」

冬馬が子どものころは、正月になると親族が集まり、庭で餅をついていた。冬馬と紗良が独立し、末っ子の陸も成長したため、臼《うす》と杵《きね》の出番はなくなってしまったが。

洗面所に寄ってから二階に上がると、自室は暖房でほどよくあたためられていた。

室内は法科大学院《ロースクール》を出て司法修習も終えた冬馬が、ひとり暮らしをするために家を出たときからほとんど変わっていない。普段は使われていないが、琴子が定期的に掃除をしているようだ。風を通しているおかげで、特有のカビ臭さは感じなかった。

コートを脱いでひと息つくと、無性に喉《のど》の渇きを覚えた。お茶でも淹《い》れようと思い、階段を下りる。

中庭に面した長い廊下を歩いていると、台所のほうから、ふたたびパンが焼ける香りがただよってきた。今度はバターが溶けるような香りに加えて、さきほどは感じなかった甘い匂いも混じっている。

（いったい何種類つくっているんだ？）

台所に入ると、オーブンレンジの前にひとりの女性が立っていた。

耳の下でふたつの団子にまとめた栗《くり》色の髪は、冬馬と同じ猫っ毛。黒猫模様のエプロンをつけた彼女は、こちらに背を向けたまま、親しげに話しかけてきた。

「もうすぐ焼き上がりますよー。このパンなら抹茶《まっちゃ》ミルクを合わせても――」

笑顔でふり返った彼女は、冬馬と目が合うなり「ひいっ」と表情を引きつらせた。

「お、お兄さま！　なぜここに」

おそらく琴子と間違えたのだろう。だからといって、化け物にでも出くわしたかのような顔になるのはどうなのか。なんとも失礼な反応にむっとする。

「飲み物をとりに来ただけだ。何か問題が？」

冷ややかに返すと、紗良はあたふたしながら「いえいえそんな」と首をふる。

「その、ご無沙汰《ぶさた》しています。前に会ったのはいつでしたっけ」

「今年の正月」

「じゃあほぼ一年ぶりなのね。ええと、お元気そうで何より……」

会話が途切れたとき、紗良の背後で軽快な電子音が鳴り響いた。パンが焼き上がったらしく、ミトンをはめた紗良がオーブンレンジの扉を開ける。

「よし、成功！」

とり出された天板の上には、いい具合に焼き色がついた丸いパンが並べられていた。手のひらに載るくらいのサイズで、豆大福のような見た目をしている。生地に練りこまれているのは干し葡萄《ぶどう》だろうか。それにしては粒が大きい。

ダイニングテーブルには調理器具のほかに、先に焼き上がったと思《おぼ》しき二種類のパンが置いてある。きれいにふくらんだバターロールと、渦巻きのような形をしたもの。後者は甘そうに見えるので、菓子パンだと思われる。

小学校から私立の女子校に通っていた紗良は、高等部に上がってから「将来はパン職人になりたい」と言い出した。それまでは特にパンが好きなようには見えなかったのに、なぜ急にそんな心境になったのかは、いまでもよくわからない。

当然、祖父母は反対し、義両親に従順な母もよい顔をしなかった。生まれてはじめて祖父に逆らう妹を、冬馬は冷めた目で見つめていた。反抗期だったのかは知らないが、用意された道を拒絶し、あらぬ方向に進もうとするなど愚の骨頂《こっちょう》。許されるはずがないし、いずれはあきらめるだろうと思っていた。

しかし家族の中で唯一、父だけが娘の意志を尊重した。

結局、紗良は付属の大学には進まず、父の援助で製菓専門学校に入学した。そして卒業と同時に家を出て、都内のパン屋に就職したのだ。紗良があまり実家に帰りたがらないのは、そういった経緯があるからだった。

「琴さんはどうした」

「お母さまの着物を準備するって言っていましたけど。明日着るから」

粗熱《あらねつ》がとれたのか、紗良は金網の上に載っている渦巻きパンに手を伸ばした。表面に黒ゴマがふりかけられたそれを、一口かじる。

「うん、ほっくりしていて美味《おい》しい！　栗きんとんの風味もちゃんと残ってる」

「栗きんとん？」

「午前中に、琴さんがおせちを重箱に詰めるのを手伝ったの。重箱に入りきらなかったものがあったから、パン生地に練りこんだんです。こっちの丸いほうには、琴さんが手づくりした黒豆の甘煮を加えて焼き上げました」

冬馬は丸パンに目を落とした。干し葡萄かと思ったが、よく見ればたしかに黒豆だ。

「丹波《たんば》の黒豆にまろやかな和三盆《わさんぼん》……なんて贅沢《ぜいたく》な組み合わせ。栗きんとんも国産の栗を使っているんですって。それにこの家の小麦粉、何気に北海道のブランド品だし、平飼い卵は新鮮で、黄身はぷっくりつやつや！　ああうらやましい！」

「……」

「わたしも材料の質にはこだわりたいけど、いかんせんコストとの兼ね合いが……」

勤めていたパン屋が閉店し、紗良はホテルに再就職したのだと聞いた。横浜《よこはま》の山手《やまて》にある小さなホテルで、叔父の誠《まこと》が仲介したとか。

叔父と紗良は、どちらも「高瀬家のはみ出し者」だ。ふたりそろって祖父の意に沿わないことばかりするので、一族内では要注意人物とみなされている。陸はいまのところ問題なさそうだが、油断は禁物。だからこそ、長子である冬馬は、せめて自分はしっかりしなければと思うのだ。

そんなことを考えていると、紗良が遠慮がちに声をかけてきた。

「あの……。これ、よかったら。おやつにちょうどいいんじゃないかなと」

おずおずと差し出された渦巻きパン。しばし見つめたのち、冬馬は淡々《たんたん》と答えた。

「菓子パンは好きじゃない」

「う……。じゃあバターロールは？　子どものころは好物だったでしょう」

「さっきも言っただろう。僕がほしいのは飲み物だけだ」

すげなく返した冬馬は、しゅんとする妹にはかまわず戸棚に向かった。茶器と茶筒をとり出し、慣れた手つきで緑茶を淹れる。冬馬の勤め先は貧乏な弱小事務所で、秘書を雇う予算がない。来客にお茶を出してもてなすのは、部下である自分の仕事だ。

「あ、もう三時過ぎ。そろそろ帰る支度をしないと」

「帰る？」

冬馬が首をかしげると、紗良は壁掛け時計から視線を移してこちらを見た。

「実は明日から連勤で。次のお休みは五日」

「正月休みは？」

「ないですね。ホテルはいまの時季が稼ぎ時だし」

あっさりした答えが返ってくる。元日から働くというのに、特に苦ではないらしい。

「だから今日、おじいさま方に年末のご挨拶をしに来たの。琴さんリクエストのパンもつくれたからよかった」

紗良は棚から半月型の銘々皿《めいめいざら》を二枚とり出し、懐紙《かいし》を敷いた。小ぶりに仕上げた黒豆パンと渦巻きパンをひとつずつ、トングを用いて皿の上に盛りつける。

和の食材を使っているからなのか、黒塗りの食器と合わせると、上品な和菓子のようにも見える。庭師と琴子に差し入れすると言うので、冬馬もふたり分のお茶を淹れた。和風のパンだから、緑茶にも合うだろう。

「黒豆と栗きんとんのパン、明日の朝食にお客さまにもお出しする予定なの。三が日は朝食メニューが洋風おせちになるから、パンにもお正月の雰囲気をとり入れたくて。今日中に仕込みをしておきたいし、夕方までには帰らなきゃ」

「………」

「黒豆の甘煮と栗きんとんは手づくりするから、琴さんにいろいろコツを教えてもらったんです。お客さまによろこんでいただけるといいなぁ」

紗良は嬉しそうに声をはずませた。その表情を見ているだけで、いまの仕事が好きなのだということが伝わってくる。

それはともかく、紗良は正月、実家にいない。ということは。

「新年会にも出ないのか」

「まあ……そういうことになりますね。皆さんによろしくお伝えください」

高瀬家では毎年、一月二日に親戚が集まり、料亭で新年会を行っている。叔父は筋金入りの一族嫌いなので、この手の会合には絶対に顔を出さない。一方、妹はパン屋に勤めていたときでも、正月は休みをもらって出席していたのに。

――仕事を言いわけにして、うまく逃げた。

そんな考えが頭をかすめ、冬馬の眉間《みけん》にしわが寄る。

叔父ほどではないが、紗良も親戚との関係が良好とはとても言えない。本人もそれを嫌というほど感じているから、欠席する体《てい》のいい理由が見つかって、内心ではほっとしているのだろう。今年は盆の集まりにも来なかったし、これからも仕事を盾にして、会合には参加しないつもりなのかもしれない。

心の奥で、なんとも言えない感情が燻《くすぶ》っている。苛立《いらだ》ちに近い何かが。

「そういえば……。弥生《やよい》さんはお元気ですか？」

不意打ちの問いかけに、冬馬の眉がぴくりと動いた。

「たしか、お兄さまが三十歳になったら籍を入れるって聞いたような。婚約してから何年もたっているし、そろそろお式の話も出てくるころでは？」

一瞬、嫌味かと思った。しかし紗良の様子はあくまで無邪気で、単純な疑問を口にしただけのようだ。どうやらまだ何も知らないらしい。

「あの、お兄さま――」

「僕のことはどうでもいいだろ」

不穏な空気を察したのか、紗良が小さく肩を震わせた。話をそらしたくて、とげとげしい口調になってしまう。

「人のことより紗良、おまえはどうなんだ」

「わ、わたし？」

急に水を向けられた紗良は、驚いたように目を丸くする。

「おまえ、見合いの話を断ったそうだな。せっかくお祖父さまが持ってきてくれたのに」

「その気がないのにお受けするほうが失礼でしょう。だからお断りしただけです」

紗良はきっぱりと言った。一度ならず二度までも、妹は祖父に逆らったのだ。

「結婚よりも大事なことがあるとでも？」

「ええ。わたし、いまは仕事に全力をそそぎたいんです。パン職人としてこれからもっと成長していきたいし、ホテルで働くことも楽しいから」

「………」

「もちろん結婚しても仕事はできます。でもそれは、社会人としての経験をある程度は積んだ上で考えるべきことだと思うんです。しばらくは見聞を広めて、心に余裕が生まれてからのほうが、仕事と家庭の両立もうまく行くような気がして」

何にもとらわれることなく、自分の意見を貫き通す。その自由さが――いまは憎い。

鼻を鳴らした冬馬は、妹を挑発するように口元をゆがめた。

「ご立派な志《こころざし》だ。せいぜい行き遅れないように気をつけるんだな」

「！」

「その様子じゃ結婚どころか、彼氏すらいなさそうだ。自分で拒絶したんだから、十年後に独り身でもお祖父さまには泣きつくなよ」

「な、なんですかその言い方は！」

「事実だろ。相手がいないんだから、仕事に集中するしかないよな」

嘲笑《ちょうしょう》して台所を出ようとしたときだった。「お兄さま！」と鋭い声が飛んでくる。

「相手なら――もういます」

「なに？」

思わずふり向いた冬馬に、紗良は高らかに言い放った。

「将来を誓い合った人は、ちゃんといます。お兄さまの何倍も素敵な恋人が！」

一泊目

思い出は
バターの香り

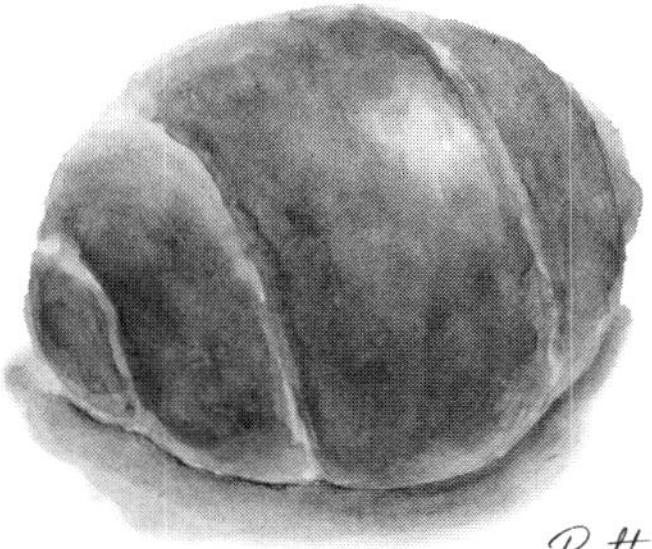

Butter roll

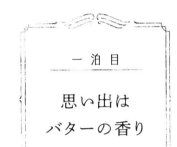

「うわっ！　紗良《さら》ちゃん、かけすぎだよ！」

「え？」

　十二月三十一日、二十時半過ぎ。

　従業員寮の共用リビングで夕食をとっていた紗良は、同僚である市川小夏《いちかわこなつ》の声に驚いて我に返った。視線を落とすと、湯気立つ天ぷら蕎麦《そば》の上には、真っ赤な一味唐辛子《とうがらし》が大量に降りかかっている。もちろん、犯人は右手に小瓶《こびん》を持つ自分だ。

「紗良ちゃんって辛党だったっけ？」

「そ、そういうわけではないんですけど」

　紗良はあわてて蓋《ふた》を閉め、唐辛子の小瓶をこたつテーブルの上に置いた。少しでも辛味をやわらげようと、箸《はし》を使って蕎麦つゆと混ぜ合わせてみたが、辛さが全体に広がっただけのような気がする……。

「俺の蕎麦と交換するか？　まだ口つけてないから」

　叔父の誠《まこと》が助け船を出してくれたが、「いえ」と首をふる。

「わたしがぼうっとしているのが悪いんです。責任をもって完食しないと」

　紗良は気合いを入れて蕎麦をすすった。舌を刺激する強烈な辛味が、もやもやとしていた頭の中を、すっきりクリアにしてくれる。

「天ぷら美味《うま》いなー。ケチらずに高い海老《えび》にした甲斐《かい》があった」

「揚げたのは天宮《あまみや》さんですけどね」

紗良は大きな海老天を箸で持ち上げ、一口かじった。フレンチ専門ではあるが、プロの料理人が手がけただけあって、サクサクとした軽い衣の食感が最高だ。中の海老も身が引きしまっていて弾力が強く、歯ごたえがある。

「食材費を出したのは俺だぞ。蕎麦は隼介《しゅんすけ》が調達したんだったか」

「ご実家のお母さまから送られてきたんですって。天宮さんって長野の出身なんですね。はじめて知りました」

「大晦日《おおみそか》に信州蕎麦が食べられるとはツイてるなぁ。しかも手打ちの生《き》蕎麦とは」

「私たちの分まで送ってくれるなんて、天宮ママには大感謝だわ……」

テレビに映し出されているのは、年末恒例の歌合戦。長方形の大きなこたつであたたまりながら、紗良と叔父、そして小夏の三人は、熱々の年越し蕎麦に舌鼓《したつづみ》を打った。叔父はお気に入りのぐい呑《の》みに日本酒をそそぎ、いい気分になっている。

「マスター、私にも一杯ください」

「ん？　小夏、日本酒もいける口か」

「たしなむ程度ですけどねー。明日仕事だし、ちょっとだけ」

のんびりとした時間が流れる中、ソファには一匹の白猫が鎮座している。

「マダム、こたつ空いてますよ？」

布団をめくって誘ってみたが、彼女はちらりと視線を向けただけで、すぐに毛づくろいに戻ってしまった。色違いの瞳が美しいメインクーンの女王様は、下々の人間が集まるこたつには興味を示さない。多くの猫のように、こたつの中で丸まってぬくぬくと眠る姿を見てみたかったが、彼女の美意識には反するようだ。

（年末か……。わたしがここに来てから、もう十カ月近くがたったのね）

再就職した三月からの出来事を思い出し、紗良はしみじみとした気分になる。

かつて外国人居留地として華やかに栄えた、横浜《よこはま》の山手《やまて》。

紗良たちが働く「ホテル猫番館《ねこばんかん》」は、そんな時代の名残を現代に伝える、異国情緒あふれる西洋館だ。レンガ造りのクラシカルな建物に、四季折々の花が咲くイングリッシュガーデン、そしてホテル自慢のかぐわしい薔薇《ばら》園。年に二度ある薔薇の季節には、色とりどりの花と甘い香りを楽しもうと、多くの人々がおとずれる。

従業員寮はホテルと同じ敷地内にあり、こちらも外観は瀟洒《しょうしゃ》な西洋館だ。中は現代に合わせてリノベーションされているため暮らしやすい。単身者限定で、現在は男女合わせて七名のスタッフと、看板猫のマダムが住んでいる。

料理人の早乙女《さおとめ》と事務員の泉《いずみ》は、遠方に実家があるため、休暇をとって帰省した。オーナー夫妻の息子でコンシェルジュの本城要《ほんじょうかなめ》は、ホテルのフロントで年越しの夜勤にはげんでいる。大晦日の夜くらいは休ませてあげたいという、ほかのスタッフに対する彼なりの気遣いだ。

料理長の隼介は、四人分の天ぷら蕎麦をつくり終えると、さっさと自分の部屋に引き揚げてしまった。ちなみに彼は「あたたかい蕎麦は好きじゃない」と言って、この寒いのにひとりだけ盛り蕎麦にしている。

リビングに残ったのは、紗良とパティシエの叔父、そしてベルスタッフの小夏。どうやら今回は、彼らと一緒に年越しの瞬間を迎えることになりそうだ。

「さっきから思ってたんだけど」

ふいに小夏が顔を上げた。蕎麦の湯気で曇《くも》った眼鏡をずらし、こちらを見る。

「紗良ちゃん、実家で何かあったでしょ」

「えっ」

思わず鼓動が跳ね上がる。彼女には昨日のうちに、今日は実家に行くと話していた。

「隠しても無駄だよ。帰ってきてから明らかに様子が変なんだもん。何か落ちこんでるみたいだし、お蕎麦も唐辛子まみれにしちゃうし」

「うう……」

「ふっふっふ。お姉さんの観察眼を甘く見ちゃいけないわ」

額《ひたい》にじわりと汗がにじんだ。図星を指された焦りか、はたまた唐辛子の効果か。

ぐい呑みを置いた叔父が、「おまえ鎌倉《かまくら》に行ったのか」とたずねてくる。

「ええまあ。三が日は仕事だから、代わりに年末のご挨拶《あいさつ》をと」

「ふうん。律儀なことで」

それまでアルコールで高揚していたのが嘘《うそ》のように、冷ややかな声音《こわね》だ。

叔父もかつては同じ家で育ったはずだが、決して実家と言わないあたりに深い溝《みぞ》を感じる。若いころ、恋人との結婚を激しく反対されたことが原因らしい。結局その相手とはうまく行かず、二十年以上の月日が経過した現在も、叔父は独り身を貫いている。

「で、今度はどうした。また親父《おやじ》に縁談でも持ちこまれたのか？」

「いえ……。今日はその、あの人に遭遇してしまって」

「あの人？」

「お兄さまですよ」

「ああ、冬馬《とうま》か。あいつも毎回、律儀に顔出しに行くよなぁ」

肩をすくめた叔父が、ふたたび日本酒をぐい呑みにそそいだ。かたわらで会話を聞いていた小夏が、興味津々《しんしん》といった様子で身を乗り出す。

「紗良ちゃんってお兄さんがいるんだー。いくつ上？　何やってる人なの？」

「歳《とし》は六つ上なので、今年で三十です。職業は弁護士」

「弁護士!?　さすが高瀬《たかせ》家、エリートだねえ。結婚とかは？」

「独身ですよ。婚約者はいますけど……」

婚約者という言葉が呼び水となり、数時間前の記憶がよみがえる。そうだ、あのあたりから話がおかしな方向へと転がっていき――

「あああ、どうしよう。わたしったらなんということを――！」

頭をかかえてテーブルに突っ伏すと、叔父と小夏のぎょっとしたような気配が伝わってくる。いつもはこんな取り乱し方をしないだけに、驚きも大きいのだろう。

「おいおい、何があった。冬馬とケンカでもしたのか？」

「ここはひとつ、お姉さんたちに話してすっきりしちゃいなさい！」

のろのろと顔を上げた紗良は、心配そうに見下ろしてくるふたりに、兄との会話を包み隠さず伝えた。あのときは祖父からの縁談を断ったことを責められた上に、こちらの神経を逆撫《さかな》でするようなことも言われた。だからついかっとなってしまい、気がついたときには口走っていたのだ。

『将来を誓い合った人は、ちゃんといます。お兄さまの何倍も素敵な恋人が！』

話を聞き終えた叔父と小夏が、なんとも言えない表情で、お互いの顔を見合わせる。

「おい紗良、おまえいつそんな相手ができたんだ」

「いると思いますか？　本当に」

「思わんなぁ。俺が見る限りだが」

「私から見てもそうですよ。この子、基本的に仕事のことしか頭にないし、猫番館に来てからは彼氏ができるような機会もなかったでしょ」

ふたりの返事は拍子抜けするほどあっさりしていた。

平日は職場と寮を往復するだけ。たまの休日も遊びに行くより、ホテルの厨房《ちゅうぼう》でパンづくりの修業や新作の研究に没頭していることのほうが多い。そんな紗良の生活を知っていれば、恋人の存在などあり得ないことだとすぐにわかる。

（でも、お兄さまはそうじゃない……）

『相手がいるだと？　どこの誰だ。嘘じゃないなら言えるよな？』

腹立ちまぎれに飛び出した言葉に、兄は思いのほか食いついた。あのときは頭に血がのぼっていたし、でまかせだとわかればますます馬鹿《ばか》にされるという焦りもあった。

――いまさら本当のことは言えないし、なんとかしてこの場を乗り切らなければ。

追い詰められた紗良の脳裏にふと、ひとりの男性の姿が浮かび……。

「とっさにそいつを相手に仕立て上げてしまった、と」

「はい……」

紗良はがっくりとうなだれた。ふたたび頭をかかえて悶絶《もんぜつ》する。

「ああ、わたしはなぜあんなことを……。どうかしていたとしか思えない。要さんとはそんな関係じゃないのに」

「カナメ?」

叔父と小夏の声がきれいに重なった。はっと我に返ったが、もう遅い。

「ほほう、紗良ちゃんの彼氏（仮）って要さんだったんだー」

「いえその、ですからそれは」

「要の奴、いつの間に。紗良には手を出すなと言ったはずなんだがなぁ」

にやりと笑ったふたりに、紗良は「だから違いますってば！」と反論した。

「別に深い意味はないですよ？　本当に自然と、ふっと頭に浮かんだだけなんです。たぶんその、身近な人の中ではちょうどよかったんでしょう。たとえばこれが天宮さんだったとしたら、歳の差が九つもあるし、離婚したとはいえお子さんがいらっしゃるじゃないですか。だから思い浮かばなかったわけです」

紗良は早口でまくし立てた。動揺のあまり饒舌《じょうぜつ》になっていることには気づいていない。

「要さんは歳も近いし、彼女もいないって聞いたから……。それだけのことです！」

あわてふためく姿がおもしろかったのか、叔父と小夏が噴き出した。

「いやー、なんだか要の気持ちがわかったような気がする」

「普段は落ち着いているだけに、焦ってじたばたする姿が可愛《かわい》いんですよねえ」

「どうせわたしは単純ですよ……」

さんざんからかわれていじけていると、叔父が「そんなに拗《す》ねるな」と苦笑する。

「で、そのあとはどうなったんだ。冬馬から親父たちにも伝わったとか？」

「いえ。こういうことは自分で言うべきだから、おじいさま方にはそれまで内緒にしておいてとお願いしました。お兄さまはああ見えて口がかたいし、約束はきっちり守る人ですから、そこは大丈夫だと思いますけど」

「たしかに冬馬は真面目だからな。ぺらぺら喋《しゃべ》ったりはしないだろう」

叔父は納得したようにうなずいた。ぐい呑みに残っていた日本酒を一気にあおる。

「とりあえず親父に知られない限りは、深刻に考えることもないんじゃないか？　婚約したって言ったわけでもないし、あくまで彼氏レベルの話だろ」

「そうですけど……」

「冬馬には、ほとぼりが冷めたころに『別れた』とでも言えばいい。あいつだって暇じゃないんだから、いちいち本当かどうかだなんて調べやしないさ」

「うん、わざわざ訂正してあげる必要もないでしょ。そもそも、お兄さんは紗良ちゃんに対して失礼すぎる！　妹にはなんでも言っていいとでも思ってるの？　弁護士だからってえらそうに！」

小夏がこぶしを握りしめたとき、テレビから軽快な曲が流れてきた。

「あ、見て見て！　右から二番目が最近の推《お》し！」

近ごろ人気のアイドルグループが歌いはじめると、小夏は画面に釘付けになる。

「紗良ちゃんは誰がタイプ？」

「ええと……」

「俺にはみんな同じ顔に見えるがなぁ」

兄の話はそこで途切れ、その後は好きな歌や芸能人の話題で盛り上がる。まったりとした空気に包まれながら、猫番館に来てはじめての大晦日が過ぎていった。


翌、一月一日――

「天宮さん、明けましておめでとうございます」

初日の出にはまだはやい、早朝五時過ぎ。

出勤してきた大柄な料理長に、紗良は深々とお辞儀をした。

「去年はいろいろとお世話になりました。本年もよろしくお願いいたします」

「ああ、よろしく」

元旦といえども、隼介の返事はいつもと変わらずそっけない。それでも「よろしく」と返してくれたところに、彼の優しさがあらわれている。

流しで手を洗う隼介の後ろ姿を見た紗良は、「あら」と声をあげた。

「昨日、床屋さんに行きました？」

「なぜわかる」

「うなじがきれいなので。剃りたてピカピカって感じですね」

「変なところに注目するなよ」

蛇口を止めた隼介は、少し困ったような口調で答えた。前に聞いた話では、短髪を維持するために、月に一度は床屋に通っているらしい。髪型をととのえて、さっぱりとした気分で新年を迎えたかったのだろう。

「何をにやついている。そんな暇があったら仕事をしろ」

「はーい」

食材が傷《いた》むことを防ぐため、厨房はあまり室温を上げられない。隼介が白いコック帽をかぶると同時に、ひんやりとしていた周囲の空気が一段と引きしまる。

新しい年になっても、自分がやるべきことは変わらない。猫番館に泊まってよかったと満足してもらえるように、誠意をこめてパンを焼く。宿泊客の笑顔と「美味《おい》しい」という一言が聞ければ、天にものぼる気分になれる。

（お客さまによろこんでいただくために、お仕事も勉強も頑張ろう）

ひとつのパンを焼き上げるたび、パン職人としての経験値が増えていく。昨日よりも今日、今日よりも明日。少しずつでも成長していけば、いつかはきっと、尊敬してやまない師匠と肩を並べられる日が来ると信じている。

「よし！」

腕まくりをして気合いを入れた紗良は、意気揚々《ようよう》と初仕事にとりかかった。

猫番館では通常、朝食にはハムやベーコン、オムレツにサラダ、スープといった洋食を提供している。三が日は特別で、季節感を重視した洋風のおせちを出すそうだ。テーブルセッティングにも和の要素をとり入れて、音楽もクラシックではなく、お正月にふさわしい箏曲《そうきょく》を流すのだという。

（洋風おせちってどんな感じなのかな）

紗良は壁にかかっているホワイトボードに目をやった。そこには毎回、食事のメニューが記されているのだ。

三が日の朝食は、サーモンとイクラの親子テリーヌに、数の子のマリネ。メイン料理は車海老の香草グリルと、ローストビーフの柚子胡椒《ゆずこしょう》ソース添え。さらには鴨《かも》肉の朴葉味噌《ほおばみそ》焼きに、トリュフ入りの伊達《だて》巻きもあるらしい。和洋折衷《せっちゅう》の豪華な料理は、ディナーで出しても差し支えがなさそうだ。

おせちといえば黒豆や栗《くり》きんとんも定番だが、メニューの中には入っていない。これらの食材は紗良の担当なので、かぶらないようにしてあるのだ。

紗良は業務用の冷蔵庫から、一晩寝かせておいた菓子パン生地をとり出した。

強力粉に砂糖と油脂《ゆし》、卵や乳製品を加えてこねた生地は、容器の中で理想的な大きさにふくらんでいた。人差し指の先で発酵《はっこう》具合をたしかめてから、分割して丸め、ベンチタイムをとって休ませる。

（それからこのマロンペーストを……）

昨日のうちに仕込んでおいたこれは、栗の甘露《かんろ》煮をつぶして裏ごしにかけ、なめらかに仕上げた栗あんだ。つくり方は黒豆の甘煮とともに、実家の家政婦、琴子《ことこ》から教わった。

マロンペーストは縦長に伸ばしたパン生地で包み、ねじってから渦巻き状になるよう巻いていく。黒豆パンは外から粒が見えるように、気を配りながら成形し、それぞれ最終発酵をさせた。仕上げに卵液を塗り、オーブンで焼けば完成だ。

甘い味だけでは飽きてしまうので、もう一種類、餅粉《もちこ》を加えた生地でつくった食事パンも焼く。腹持ちがよく、小麦粉にはないもっちりとした食感が特徴だ。

(お正月にはお餅も欠かせないしね)

焼き上がったパンの粗熱《あらねつ》をとっていると、隼介が声をかけてきた。

「高瀬姪《めい》、そろそろ食堂の準備を」

「はい」

食堂は厨房とつながっており、中のドアから行き来できる。円卓が並ぶ食堂に入った紗良は、てきぱきと準備を進めていった。

(ナプキンリングは水引の梅結びか……。さすが支配人、雅《みやび》だわ)

食器やカトラリーの並べ方、テーブルナプキンの折り方などは、支配人の岡島《おかじま》から定期的に講義を受けている。彼は猫番館に勤める前、別のホテルで総支配人《ゼネラルマネージャー》まで上り詰めた接客のスペシャリストだ。三十年以上のキャリアを誇る支配人は、お客の目を楽しませる美しいテーブルコーディネートにも精通している。

支配人から教わった通りに、紗良は黙々とセッティングを行った。

黒い折敷《おしき》とカトラリーを並べ終えてから、松に南天、ピンポン菊を使った小さなアレンジメントを卓上花として飾る。身なりをととのえるために厨房に戻ると、隼介も洋風おせちの仕上げを終えたところだった。

丸皿に少しずつ、バランスよく盛りつけられている料理に、紗良は目を輝かせる。

「わぁ、美味しそう！　彩《いろど》りもきれいですね」

「少し前に知り合った小料理屋の店主に、コツを教えてもらったんだ。その店も和洋折衷の料理をよく出しているから、いろいろ参考になる」

「近くのお店なんですか？」

「東京だ。こっちは店主の奥さんが教えてくれた。本来は箸置きなんだが、うちは箸を使わないからな。とりあえず飾りとして各テーブルに置いてくれ」

「なんて可愛い……！　天宮さんたら、いつの間にこんな素敵なものを」

和柄の箸袋で折られた箸置きは、小さなうさぎの形をしていた。「厨房の白熊」と恐れられている強面《こわもて》の彼は、果たしてどのような顔でこのうさぎを折ったのだろう。想像するとなんとも微笑《ほほえ》ましい気持ちになる。

「そういえば十一月くらいに、店主のお祖母《ばあ》さんがここに泊まったと聞いたな」

「えっ。それじゃ、わたしもお会いしたことがあるのかな。その方のお名前は――」

あれこれ話しているうちに、窓の外が白んできた。

この時季の夜明けは遅く、七時近くになってようやく日の出を迎える。初日の出は拝めないが、これから新しい一年がはじまるのだと思うと、気分はとてもすがすがしい。

「もうすぐ朝食の時間だぞ。新年早々遅れることは許さん」

「はい！」

元気よく答えた紗良は、急いで身支度を済ませた。

作業用の前掛けは、臙脂《えんじ》色のショートエプロンに。同じ色のタイをつけ、かぶっていた衛生帽子をキャスケットに替える。これでお客の前に出られる見た目になった。

「あ、そうそう！　うさぎさん」

紗良は各テーブルを回り、隼介が折ったうさぎを置いていく。小料理屋の屋号にちなんでいるらしいが、猫の折り方もあるのだろうか？　もしあったとしたら、来年は猫を折った箸袋を飾ってみたい。

（あとは音楽をかけて……）

ボリュームを調節すると、食堂に雅やかな琴の音色が流れてきた。いつもとは違う和の音楽が、お正月気分を盛り上げる。

食堂の最終チェックを終えた紗良は、ポケットから手鏡をとり出して身だしなみを確認した。パンをつくっているときは衛生上、お化粧は眉を描く程度しかしていない。お客の前に出るときは、色つきのリップクリームで顔色をよく見せている。

鏡に向けて口角を上げた紗良は、ひとつ深呼吸をして出入り口に向かった。厨房ではなく、外の廊下につながるドアだ。

時刻はちょうど七時。

紗良はゆっくりとドアを開け、待っていた宿泊客たちに微笑みかけた。

「明けましておめでとうございます。朝食の準備がととのいました」


それから数時間が経過した、十三時過ぎ。

「お疲れさまです、要さん」

紗良が声をかけると、コンシェルジュデスクで書き物をしていた相手が顔を上げた。机越しに立つ紗良を見上げ、眼鏡の奥の目を大きく見開く。

「その、前に着物姿が見たいと言っていたでしょう。ど、どうですか」

身に着けているのは、うっすらとクリームがかった白地の振袖《ふりそで》だ。袂《たもと》と裾《すそ》は深紅《しんく》のグラデーションになっており、あでやかな牡丹《ぼたん》と可憐《かれん》な桜が咲き誇っている。正絹《しょうけん》の袋帯は上品な金色で、色とりどりの華紋が織りこまれていた。

帯締めはつまみ細工の花飾りがついた、紅白の組み紐《ひも》。半衿《はんえり》にも細やかな刺繡《ししゅう》がほどこされており、首元に彩りを添えている。

瞬《まばた》きすらせずこちらを凝視していた要は、やがて満足そうに破顔した。

「ああ、ごめん。あまりにきれいだから見とれてた」

「！」

「柄は牡丹と桜かな。華やかでよく似合ってる。仕事着もいいけど、着物姿は格別だね」

「ありがとう……ございます」

紗良はもじもじしながらうつむいた。頰《ほお》が熱くなっていくのを感じる。

ストレートな褒め言葉は嬉《うれ》しかったが、同時にこそばゆくもなってしまう。要は接客業のプロなので、相手の心をくすぐる台詞《せりふ》をさらりと言える。だから本気なのかお世辞なのか、よくわからない。

「本気で言っているんだけどな」

心を読まれたかのような言葉に驚いて、顔を上げる。いつの間にか席を立ち、目の前に立っていた要が、結い上げた髪に挿してあるかんざしに触れた。

「この花、もしかして帯締めの飾りとおそろい？　可愛いね」

「でもその、少し子どもっぽくないですか？　四年前に買ったものだし」

「四年前っていうと、成人式か。着物もそのときに？」

「祖母がはりきってあつらえてくれました。それはありがたいんですけど、振袖って成人式以外に着る機会がなくて、ずっと箪笥《たんす》の中だったんですよ。だから久しぶりに日の目を見られて、着物もよろこんでいると思います」

　まだ仕事中にもかかわらず、紗良がこうして着物を身に着けているのには、もちろん理由がある。数日前に書類を届けに行ったとき、ソファで優雅に紅茶を飲んでいたオーナーの本城綾乃《あやの》から、話を持ちかけられたのだ。

『ねえ紗良ちゃん、あなた自前の着物を持っている？　訪問着とかじゃなくて振袖ね』

『あ、はい。振袖でしたら二枚ほど』

『二枚なら小夏ちゃんも着られるわね……』

　首をかしげる紗良に、綾乃は手持ちの振袖を仕事に使えないかと相談してきた。

『三が日にチェックインされるお客様を、和装でお迎えするのよ。これまでは私がひとりでやってきたのだけれど、振袖はさすがに着られなくてね』

『それでわたしの着物を？』

『色留袖よりは振袖のほうが人目を引くでしょう？　お正月はできる限り華やかな雰囲気を演出して、楽しんでいただきたいのよ。今回は紗良ちゃんと、できれば小夏ちゃんにも一枚貸してあげられないかしら。着付けとヘアメイクは私が手配するから』

『わかりました。厨房の仕事はどうしましょう』

『午後からは、天宮くんと誠さんにフォローしてもらうわ。生地を先につくって冷凍しておけば、あとはあのふたりでもできるはずよ』

そして話がまとまり、紗良は昨日の大晦日、実家に帰った。家族に年末の挨拶をするためだったが、着物や帯をとりに行く目的もあったのだ。

（本当はもう一枚のほうを着るつもりだったんだけど）

そちらは海を思わせる、深みのある青地の振袖で、母が独身時代に着ていたものを譲り受けた。「宝尽くし」と呼ばれる吉祥《きっしょう》文様が描かれており、お正月にふさわしい。花柄よりは大人びた雰囲気なので、そちらにしようと思っていたのだが、小夏が「青いほうが好みだなー」と言ったため譲ったのだ。

（こっちの着物は少し派手じゃないかと思ったけど、要さんは褒めてくれたし……。これはこれでよかったのかも）

「あれ？　この帯の形は……もしかして薔薇？」

要の問いかけに、紗良は「ご名答！」と微笑んだ。

「薔薇結びっていうアレンジだそうですよ。着付けをしてくださった方が、薔薇が有名なホテルだし、ちょうどいいんじゃないかって」

「和洋折衷とは洒落《しゃれ》てるね。せっかくだし、ときどき後ろ向きになって帯を見せたら？」

「お客さまに失礼ですよ。これみよがしじゃなくて、たまに見える程度でいいんです」

「チラ見せか。それはそれでそそるよな」

いつものように冗談めかしたことを言いながら、要はアーチ型の窓のほうへと目を向けた。外はよく晴れている。

「このままふたりで初詣《はつもうで》にでも行きたいところだけど、いまは仕事をしないとな」

「要さん、朝方までお仕事をされていたでしょう。まだ上がりじゃないんですか？」

「午前中は寮に戻って休んだよ。紗良さんがつくっておいてくれたお雑煮《ぞうに》も食べたし、シャワーも浴びた」

言われてみれば、要の体からはほんのりと石鹼《せっけん》の香りがする。

「四時ごろバイトの子が来るから、それまでは頑張らないと」

「無理しないでくださいね」

「大丈夫だよ。着物美人を間近で見られたおかげでやる気も出たし」

「またそういうことをさらっと……」

「事実だからね」

口の端を上げた要は、紗良をともないフロントに向かった。ロビーのソファでくつろいでいた老夫婦が、こちらを見て目尻を下げる。紗良も会釈《えしゃく》で応じた。

「支配人、交代します」

「ありがとうございます。それにしても、振袖はやはりいいですねえ。お正月気分が高まります。高瀬さんも慣れない仕事で大変でしょうが、よろしくお願いしますね」

「おまかせください」

別の仕事をするという支配人の代わりに、要と紗良はカウンターの内側に入った。

綾乃や小夏と話し合った結果、元日は紗良が和装を担当することになった。二日は小夏で、三日は綾乃だ。仕事内容はカウンターの前に立ち、笑顔でお客をお迎えすること。華やかな装いでお客の目を楽しませるという、看板猫のマダムと同じ役割だ。

そのマダムは、カウンターのそばに置いてあるアンティークチェアの上で、念入りに毛づくろいを行っている。普段は首輪やリボンといった装飾品はつけていないのだが（ふかふかの毛に埋もれてしまうらしい）、今日は赤い和柄の付け襟《えり》でおめかしをしていた。小さな鈴がついているのか、彼女が動くたび、澄んだ音色を響かせる。

チェックインの時間にはまだはやいため、吹き抜けのロビーにはまったりとした空気が流れている。昨日は満室だったが、宿泊客の姿はほとんど見かけない。今日は気持ちのよい冬晴れなので、どこかに出かけているのだろう。

「要さん、このあたりではどこに初詣に行くんでしょう？」

「県内なら川崎大師《かわさきだいし》や鶴岡八幡宮《つるがおかはちまんぐう》が有名だけど、俺は伊勢《いせ》山皇大神宮《やまこうたいじんぐう》をおすすめしているよ。開港後に創建された神社で、『関東のお伊勢さま』とか『横浜の総鎮守』って言われているんだ。桜木町《さくらぎちょう》駅から歩いて十分くらいだったかな」

「知りませんでした……。今度行ってみます」

「初詣以外にもいろいろあるよ。山手周辺だと、西洋館で正月向けの飾りつけをやっている。少し足を伸ばして、三溪園《さんけいえん》で冬の日本庭園を散策するのも風流だね。中華街は春節が盛り上がるけど、旧正月だから時期がずれるんだよな。でも、あそこはいつ行ってもエネルギッシュで楽しいところだよ」

さすがはコンシェルジュ。少したずねただけで、要はすらすらと答えてくれた。

「時間になるまでそこに座っていていいよ。お客様が来たら立ってね」

「わかりました」

紗良をスツールに座らせた要は、パソコンの前で作業をはじめた。

普段は厨房にいるため、彼がフロントで仕事をするところを間近に見る機会はめったにない。だからつい、じっと見つめてしまう。

（一年に一度くらいは、こんな日があってもいいよね）

邪魔にならない程度に見守っていると、ふいにカウンターに置いてある電話の外線が鳴り響いた。すかさず要が受話器をとり、はきはきとした口調で応対する。

「……かしこまりました。一名様でご一泊ですね。ただいま確認いたしますので少々お待ちくださいませ」

どうやら宿泊予約が入ったらしく、要は手元のマウスを動かし、パソコン画面を確認する。しばらくすると電話が終わり、彼は静かに受話器を置いた。

「ご予約ですか？」

「うん、来週末にお一人様でね。ちょうど一部屋、シングルルームが空いていたんだ。これでこの日は満室になる」

要は嬉しそうに言いながら、キーボードで情報を打ちこんでいく。

「お名前は高瀬様……紗良さんと同じだ」

「そうなんですか？　なんだか親近感が湧きますね」

「本城よりはメジャーなのかな。いまだに親族以外では見たことがなくてさ」

要が腕を動かした拍子に、電話の最中にとっていたメモがひらりと舞った。床に落ちた紙を拾った紗良は、何気なく紙面に視線を落とす。

「――――!?」

真っ先に飛びこんできた情報に、紗良はぎょっとして目を疑った。食い入るように何度も確認したが、にわかには信じがたい。

(な、なぜこの名前が……!)

高瀬冬馬。メモに記されていた予約客の名は、兄とまったく同じだった。

『たしかに予約を入れたのは僕だが、それがどうした』

受話口から聞こえてきた声は、まるで他人事《ひとごと》のように淡々《たんたん》としていた。

紗良は思わず、スマホを持つ手に力を入れた。同姓同名の別人であってほしいと願っていたのだが、兄の無情な言葉で、希望が無残に打ち砕かれる。

夕方になって仕事を終えてから、紗良は誰もいない休憩室で、兄に連絡をとった。そして猫番館に電話をかけたかたずねてみると、あっさり答えが返ってきたのだ。

「いったいどういうつもりなんですか」

『どうもこうも、僕は評判のホテルに宿泊予約を入れただけだ』

なんて白々《しらじら》しい返事だろう。紗良がどこのホテルで働いているのか、兄は知っているはずなのに。その上で猫番館を選んだのだから、なんらかの思惑があるのは間違いない。

『風の噂《うわさ》によると、猫番館とやらではみごとな薔薇が見られるとか』

「薔薇が咲くのは春と秋。いまは季節はずれですよ」

『見目麗《うるわ》しい看板猫もいるらしいな』

「お兄さま、猫は苦手じゃありませんでした？　小学生のとき、野良猫を撫でようとして引っかかれたから」

『料理にも定評があるようだが』

「それについては全力で肯定しますが、お兄さまはフランス料理よりも和食のほうがお好きでしょう」

しばしの沈黙を経《へ》て、兄は不機嫌をあらわにした声を出す。

『いちいち揚げ足をとるんじゃない。どのホテルに泊まろうが僕の自由だ。ちょうどいい機会だし、お忙しいお祖父《じい》さま方の代わりに、紗良の勤務先をこの目で確認しておこうかと思い立っただけのこと』

（なんという余計な思いつき……！）

『もう予約は済ませたんだ。まさか、この期に及んで来るなとは言わないよな？』

「うっ……」

『それとも何か？　猫番館とやらは身内に紹介することもためらうくらい、ひどいホテルだとでも？』

「そんなことありません！　猫番館は素晴らしいホテルです。スタッフ一同、どんなときでもすべてのお客さまに最高のおもてなしを提供しています！」

すかさず反論すると、『だったらなんの問題もないだろう』と返される。

『おまえが言う「最高のおもてなし」がどんなものか、楽しみにしているよ』

「……」

『ああそうだ、ついでに紗良の相手も見ておくか。たしか同じホテルでコンシェルジュをやっていると言っていたよな』

「要さんは関係ありませんよ！」

『それが相手の名前か。覚えておこう』

まんまと情報を引き出されてしまい、紗良ははっと我に返った。勤務先のホテルを確認するというのは建前で、真の目的はもしや――

「お、お兄さま。そのことについては」

あたふたしながら言いかけたとき、受話口からかすかに琴子の声が聞こえてきた。どうやら祖父に呼ばれたらしく、兄は『話は終わりだ』とだけ言って通話を切ってしまう。

スマホを耳から離した紗良は、ぼうぜんとその場に立ち尽くした。

兄が猫番館にやって来る――

「ど、どうしよう。要さんになんて言えば」

「俺がなんだって?」

「ひいっ」

背後から飛んできた声に驚き、はずみでスマホを落としてしまう。おそるおそるふり向くと、出入り口のドアは開いており、制服姿の要が立っていた。紗良よりも一時間ほどはやく上がったはずだが、まだ館内に残っていたのか。

「い……いつからそこに」

「『いったいどうするつもりなんですか』あたりかな」

「そんなに前!?」

「言っておくけどわざとじゃないよ。残業が終わったから、休憩室で珈琲《コーヒー》でも飲もうかと思ってね。そうしたらドアが少し開いていて、中から紗良さんの声が聞こえてきたというわけだ。しかもだんだん大きくなっていくものだから」

「……丸聞こえ？」

「だね」

苦笑した要は後ろ手でドアを閉め、こちらに近づいてきた。紗良が落としたスマホを拾い上げ、おもむろに差し出す。

「昼に予約されたお客様、紗良さんのお兄さんだったのか。メモを見たとき様子がおかしかったから、知り合いなのかなとは思ったけど」

「その……ええと、わたしが働いているホテルを見てみたい……とのことで」

「それにしては紗良さんらしくないうろたえぶりだな」

少し腰をかがめた要は、紗良の顔を無遠慮にのぞきこむ。

「パン職人の師匠のときは、奥さんも含めて自腹で招待していただろ。来館されたときも嬉しそうに歓迎していた。でも、いまの紗良さんの挙動からして、お兄さんは招かれざる客なんじゃないかな。来てほしくない理由がある？」

「それは……その……」

「ああ、そんな顔しなくても。別に責めているわけじゃないよ。きょうだいだからって必ずしも仲がいいとは限らないしね。ただ、俺の名前が出てきたから気になっただけのことで。言いたくないならもう訊《き》かない」

要はそこで話を切って、身を引いた。こちらに背を向け、電気ポットがあるミニキッチンのほうへと足を踏み出す。

反射的に手を伸ばした紗良は、彼のジャケットをつかんだ。

「あの！　実は――」

もはや黙っていることなどできない。観念した紗良は、兄との間に起こったことを包み隠さず打ち明けた。話を聞き終えた要は、納得したように「なるほど」とうなずく。

「お兄さんは、紗良さんの架空彼氏に会うために来館されるってわけか。それはあわてるのも無理はないな」

「すみません……。なぜだかつい、要さんを相手役に仕立て上げてしまって」

「むしろ光栄だけどね。いっそのこと本当の彼氏になろうか？」

「ええっ」

「冗談だよ。俺、いまは誰ともつき合う気がないから」

さらりと放たれた言葉だったが、直感で本心なのだと察した。

要と出会ってから、約十カ月。その間、彼に恋人らしき相手がいた気配はない。一度だけ朝帰りをしたところに鉢合《はちあ》わせたが、あのときは単に、大学時代の友人たちと過ごしていただけだった。

（誤解だとわかったときは、なぜだかすごくほっとしたのよね）

要ほどの人なら、その気になればすぐに相手が見つかるだろう。そうしないのは紗良と同じく、いまは仕事に集中したいからだと思っていた。しかし彼の言い方からして、ほかにもなんらかの理由がありそうだ。

彼が口にした「誰とも」という言葉には、もちろん紗良も含まれている。真意が見えない笑顔と弁舌で他人を煙《けむ》に巻く要が、めずらしくあらわにした本心は気になったが、この話をこれ以上深掘りしてはいけないと感じた。同時にやんわりと拒絶されたような気がして、胸がずきりと痛む。

（なんだろう。もやもやする……）

思いのほかショックを受けていることに驚いて、そんな自分にうろたえる。乱れた心をなんとか落ち着かせようとしていると、要がふたたび口を開いた。

「本当の彼氏にはなれないけど、フリならできるよ」

「え？」

「お兄さんが猫番館に滞在している間だけ、紗良さんの相手役になるってこと。彼氏の話を聞いた翌日に、偵察の予約を入れるくらいだ。お兄さんなりに、紗良さんのことを気にかけているんだと思うけどな。悪い男にだまされていないか、とかさ」

「そうでしょうか……?」

いまひとつ納得できず、紗良は小首をかしげた。

自分が知る限り、兄は冷静な個人主義者だ。小学生のときは優しくて、幼い紗良ともよく遊んでくれたのだが、中学に入ったあたりから変わってしまった。家にいるときは自室にこもって勉強に集中し、妹にかまうことはなくなった。ひとまわり近く歳が離れた弟にもあまり関心を示さず、常に冷めた目で見ていた記憶がある。

お互いに社会人となって家を出てからは、用がなければ電話もしないし、会うのも年に一、二回あればいいほうだ。そんな関係が続いているので、兄が自分を気にかけていると言われても、やはりぴんとこない。

「お兄さんは、妹の相手がどんな男か知りたくて、わざわざ泊まりに来るんだろ? 何万もする宿泊費まで支払ってさ。本当に無関心だったら、そんなことはまずしない」

「たしかに……」

「一応、俺も兄の立場だからね。うちの妹はまだ大学生だけど、結婚を考えるような相手ができたら、やっぱり品定めしたくなるかもな」

要は複雑な表情で言った。以前に聞いた話によると、実家で暮らしている妹とは仲がよく、連絡も頻繁《ひんぱん》にとり合っているらしい。

要は幼いころに実の両親を亡くし、伯父にあたる本城氏の養子になった。

本城夫妻の間に生まれた娘とは、血縁上は従兄妹《いとこ》同士だ。実のきょうだいほど近くはなくても、要は彼女のことを本当の妹のように可愛がっている。そして妹のほうも、要を兄として慕っているのだろう。そんな関係を築けるふたりがうらやましい。

「それで、どうする？　いまからお兄さんに電話して、事情を話すこともできるけど」

（要さんを巻きこむのは申しわけないし、素直にあやまったほうがいいよね……）

そう思ったとき、鼻で笑う兄の顔が脳裏に浮かんだ。

本当のことを言えば問題は解決するが、きっと嘲笑《ちょうしょう》されてしまう。

子どものころから優秀な兄は、あの厳格な祖父からも一目置かれている。祖父の期待通りに弁護士となり、いずれは父の後継者として政界に進出するのだろう。婚約者とも近いうちに結婚するはず。学校の成績を筆頭に、あらゆる面で比較されては劣等感を募らせてきた身としては、これ以上兄から馬鹿にされるようなことはしたくなかった。

くだらない見栄だとはわかっている。けれど――

「……要さん」

「決まった？」

「ご迷惑をおかけしますが、フリのほうでお願いできれば……」

恥を忍んで頼むと、要はあっさり「いいよ」と答えた。眼鏡の奥の目がきらりと光る。

「ただし、条件をひとつ呑んでくれたら、だけどね」

「条件?」

「別にむずかしいことじゃない。偽物の彼氏になる代わりに、紗良さんにも同じ役割をお願いしたいんだよ。実はちょっと前から、父の会社関係の人に、一度見合いをしてみないかってすすめられていてさ」

要は困ったように肩をすくめた。

彼の父親は猫番館のオーナーだが、経営は妻の綾乃にまかせ、自身は貿易会社の社長として世界中を飛び回っている。要は会社ではなく猫番館を継ぎたいと考えているので、次の社長はまだ決まっていないようだ。

「その人は会社の大株主で、父も若いころからかなり世話になっているんだ。そんな恩人が持ってきた縁談なものだから、おいそれと無下《むげ》にはできなくてね。角が立たない断り方を考えると、やっぱり心に決めた人がいることにするのが無難かなと」

「それでわたしを?」

「具体的な相手がいれば、現実味が増すだろ。紗良さんは嫌だろうけど、高瀬家の娘っていうカードは強い。ここは利害の一致ということで、お互いに協力し合わないか」

思いもよらない申し出だったが、たしかに利害は一致している。こちらとしても、同じ役割を担《にな》うのなら平等だし、一方的に恋人役を押しつけるよりは気が楽だ。

（どうにかしてお見合いを断りたいって気持ち……わたしにも覚えがあるしね）

顔を上げた紗良は、「わかりました」と答えた。

「わたしでお役に立てるのでしたら、どうぞ使ってください」

「よし、契約成立だな。そうと決まれば、あとから齟齬《そご》が出ないようにいろいろ設定を決めておこう」

「は、はい。不自然にならないように頑張ります」

「そんなに力まなくても大丈夫だよ。紗良さんはいつも通り、自分の仕事をすればいい」

気合いを入れる紗良の肩を、要はリラックスさせるようにぽんと叩く。

「さっき言っていたじゃないか。どんなときでもすべてのお客様に最高のおもてなしを提供するって。相手がお兄さんでも同じだよ。どんな理由があれ、猫番館に宿泊してくださる以上、その人は大事なお客様だ」

「はい」

「お兄さんには当初の目的を忘れるくらいに、居心地のいい時間を過ごしてもらおう。どれだけ満足していただけるかは、俺たちスタッフの仕事次第だ」

「そうですね。せっかくの機会だし、兄に猫番館の素晴らしさを伝えたいです」

以前に招待した師匠夫妻は、またこのホテルに泊まりたいと言ってくれた。兄にも同じことを思ってもらえるよう、誠意をこめてもてなそう。

──しかし。

(わたしにできるのはパンを焼くことだけど、お兄さまはご飯のほうが好きなのよね)

パンが嫌いというわけではないのだが、積極的に食べることはなかったと思う。そんな相手によろこんでもらうために、自分はどうすればいいだろう。

(お兄さまの心をくすぐるパン……何かないかな)

兄をお客として迎えることを決めたとたん、それまで動揺していたのが嘘のように、紗良の頭の中は仕事のことでいっぱいになっていたのだった。


松の内も過ぎ、正月の雰囲気も消えつつある一月上旬。

猫番館に宿泊する予定の週末に、冬馬はふたたび実家をおとずれていた。自室に置き忘れてしまった、ノートパソコンのモバイルバッテリーをとりに来たのだ。

「そのくらいの大きさでしたら、こちらからお送りしましたのに」

「琴さんの手間になるでしょう。これから横浜に行くし、ついでにと思って」

モバイルバッテリーは予備もあるのだが、いかんせん容量が少ない。仕事で使っているため、はやめにとりに行こうと思っていたのだ。

「横浜といえば、紗良さんがお勤めされているホテルがありますねえ」

「そうですね……」

「たしか山手とおっしゃっていたような。私、あちらのほうには行ったことがなくて。海とか港は見えるのかしら？」

「海には近いですけど、ホテルからは見えないと思いますよ」

琴子もまさか、冬馬がいまからそのホテルに行くとは思ってもいないだろう。手にしているのはごく普通の黒いビジネスバッグで、最低限の着替えとスマホ、そしてタブレットパソコンくらいしか入っていない。一泊ならこれでじゅうぶんだ。

（それなのに、所長の荷物はどうしてあんなに多いんだ？）

琴子と一緒に玄関に向かっていると、ふいに雇い主の顔が思い浮かぶ。

冬馬が勤めている法律事務所のボスは、敏腕だが少々横暴な女性弁護士だ。先輩からひそかに教えてもらった情報によると、年齢は五十を過ぎているらしい。パワフルな性格の彼女にはお気に入りの海外ブランドがあり、服やバッグをそこで購入している。

泊まりの出張について行くとき、ボスの荷物を持ったことがある。彼女が愛用しているボストンバッグは革製で、その上やたらと中身が詰めこまれていたため、腕がもげそうなほど重かった。スーツケースにしてはどうかと提案したが、形が好みではないらしく、今後もあのバッグを使い続けるそうだ。

（そういえば、今月末にも出張相談に行くって言っていたな……）

つらつらと考えながら歩いていると、玄関が見えてきた。ちょうど家に上がった年配の女性に気づいた瞬間、反射的に足が止まる。

――しまった……。

あやうく舌打ちしそうになり、寸前でこらえた。礼儀に則《のっと》り会釈をする。

「ごきげんよう。こちらに帰っていたのね」

「忘れ物をとりに来ただけですよ。明けましておめでとうございます」

品のよいツイードのスーツに身を包んだその人は、祖父の妹である大叔母だ。彼女が今日、祖父母のもとに年始の挨拶に来ることは、事前に琴子から聞いていた。だからその前に家を出るつもりだったのに、自分の運の悪さを呪いたくなる。

「体調はいかがですか？」

「もう大丈夫よ。あのときは少し熱が出ただけ」

年末に風邪を引いた大叔母は、二日の新年会には来なかった。親戚の中でも特に会いたくない人だったので、不参加だと知ったときは、本人には悪いがほっとしたのだ。それなのに、こんな形で顔を合わせることになろうとは。

(余計なことを言われる前に消えよう)

「すみません、これから予定があるので失礼します」

大叔母の横を通り抜け、靴を履《は》こうとしたときだった。「お待ちなさい」と呼び止められて、嫌な予感が全身を貫く。

「冬馬さん。あなた、弥生《やよい》さんとの婚約を解消したそうね。どういうことなの?」

背中に突き刺さったのは、予想通りの問いかけだった。答えずにいると、大叔母は責めるような口調で続ける。

「今年中にはお式を挙げるという話だったのに、寝耳に水で驚きましたよ。聞けば、あなたのほうから一方的に破棄を申し出たそうじゃないの。婚約不履行で訴えられなかっただけ幸運かもしれないけれど、紹介した私の面目は丸つぶれだわ」

「………」

「勝手な真似《まね》をしただけでも許しがたいのに、私になんの相談もせず、事後報告で済ませるなんて……。理由をおっしゃい」

眉間《みけん》にしわを寄せた冬馬は、覚悟を決めてふり返った。口元をゆがめて笑う。

「端的に言えば、飽きたんですよ。興味が失せたと言ってもいい」

「なんですって?」

「彼女に非はありませんが、たった三年で魅力が感じられなくなった相手と一緒になっても、どうせ長続きはしないでしょう。だからいまのうちに切っただけのこと。世間体を考えても、離婚よりは婚約破棄のほうが傷は浅い」

あぜんとする大叔母に、冬馬はとどめの言葉を放つ。

「次に縁談を持ちこまれる際は、もっと僕にふさわしい女性を厳選してくださいね」

薄く微笑んだ冬馬は、それ以上大叔母にかまうことなく家を出た。我ながら感じの悪い対応だとは思ったが、あえて暴言をぶつけたのだ。あそこまで言われたら、さすがの大叔母も、二度と縁談を世話する気にはならないだろう。

——疲れた……。

門の前で待っていたタクシーに乗りこんだ冬馬は、大きなため息をついた。

苦手な大叔母と話したせいで精神力を削られたのか、激しい疲労感に襲われる。せっかくホテルに宿泊するのなら、温泉にでも入って疲れをとりたかったが、あいにく猫番館にはそれがない。

(残念だけど、今回の目的は温泉じゃないからな)

「鎌倉駅までお願いします」

運転手に目的地を告げた冬馬は、座席の背もたれに体をあずけて目を閉じた。

このままホテルまで乗っていきたいところだが、金銭面で断念する。今月は宿泊料金だけで三万近くもかかっているし、余計な出費は極力避けたい。勤め先はあまり儲《もう》かっていない個人事務所なので、給料もさほど高くはないのだ。実家の援助も受けてはおらず、生活はすべて自分の稼ぎでまかなっている。

大手の事務所に転職できれば、年収は跳ね上がるだろうが、その気はない。就職する際、祖父から知人が経営しているという事務所を紹介されたのだが、そのときは丁重に断った。子どものころから祖父の意向に従ってきたけれど、就職先は自分の意思で決めたいと思ったのだ。それは冬馬が生まれてはじめて、祖父に逆らった瞬間だった。

(いまから思えば、紗良に影響されたのかもしれない……)

冬馬が就職活動に入る少し前、高校生だった妹は、進路のことで祖父と対立した。そして口先だけにとどまらず、実際に行動を起こした結果、夢をかなえてパン職人になったのだ。当時はなんて馬鹿なことをとあきれたが、一連の出来事は冬馬の中で強烈なインパクトを残し、心の奥に刻みこまれた。

『わたしはおじいさま方に都合のいいお人形じゃない。自分の夢は、自分の力でかなえてみせる。そのための努力も惜しみません』

祖父から就職先を斡旋《あっせん》されたとき、素直に受け入れられなかったのは、紗良が発したその言葉を思い出したからだ。先月には大叔母がまとめた婚約も勝手に解消し、忌《い》み嫌っていたはずの叔父や妹と同じ「高瀬家のはみ出し者」になりつつある。

しかしそれが自分にとって、本当に正しい道なのかは、まだよくわからない。

だからだろうか。久しぶりに紗良と話したとき、彼女がいまどのような職場で仕事をしているのかを、この目で見てみたくなったのは。

(紗良の相手とやらもまあ、気にならないと言えば嘘になるが……。九割方でまかせだろうしな)

二十年以上も兄をやっていれば、妹の思考パターンくらいは把握《はあく》できている。恋人云々《うんぬん》の話はおそらく、冬馬への対抗心から衝動的に出てしまったデタラメだ。その証拠に、紗良は冬馬が猫番館に泊まることを知ったとき、電話口でもはっきりとわかるほどあわてていた。そんな浅はかな嘘で、この自分がだまされるとでも思ったのか。

(あいつがどんな顔で言いわけするのか、見ものだな)

そのようなことを考え、鼻で笑っていたのだが――

「いらっしゃいませ。ようこそホテル猫番館へ」

それから一時間ほどが経過した、十五時過ぎ。フロントでチェックインをした冬馬に完璧な笑顔を向けてきたのは、眼鏡をかけた若い男だった。紺《こん》色のジャケットに青いネクタイを締めた彼は、てきぱきと作業を進めていく。

「お部屋は二〇五号室でございます。夕食は十九時のご予約を承《うけたまわ》っておりますので、時間になりましたら一階のダイニングルームまでお越しください。朝食も同じ場所で、七時から八時半までの間に……」

流れるように説明する彼の左胸には、金色のネームプレートがついていた。何気なく名前を読みとり、ぱちくりと瞬《また》く。

(本城……要?)

ルビはふっていなかったが、下の名前はカナメだろうか。ヨウとも読めるが……。

紗良から電話がかかってきたとき、妹は相手らしき男の名を口走っていた。ネームプレートには「Concierge《コンシエルジュ》」という肩書きも添えられている。すべてがデタラメだと思っていたので、実在していることに驚いた。

(いや待て。単に同僚の名前を借りただけの可能性もある)

ネームプレートを凝視していると、「高瀬様」と呼びかけられた。はっとして顔を上げた冬馬に、コンシェルジュの彼が笑いかける。

「お待たせいたしました。お部屋にご案内いたします」

近くにはベルスタッフが控えていたのだが、どうやら彼自身が冬馬を案内するつもりらしい。古いホテルならではの、アクリル製のキーホルダーがついた鍵と冬馬のバッグを手にしたコンシェルジュは、「こちらです」と言って歩きはじめる。

――紗良が働いているホテルか……。

大正時代に建てられた西洋館というだけあって、猫番館には無機質なシティホテルとはまったく違う趣《おもむき》があった。現代の建築基準法に則って、耐震や防火対策の改修は行っているはずだが、独特のレトロな雰囲気は損なわれていない。

吹き抜けの階段を使って二階に上がると、コンシェルジュは二〇五号室の鍵を開けて中に入った。室内は、出張でたまに泊まるビジネスホテルのシングルルームより、やや広い程度。白枠の上げ下げ窓や猫足の調度品には興味がなかったが、ベッドはしわひとつなくととのえられており、寝心地は悪くなさそうだ。

「それでは、ごゆっくりおくつろぎくださいませ」

一通りの説明を終えたコンシェルジュが、非の打ちどころのない一礼を披露する。そして何事もなかったかのように退室しかけたとき、思わず声をかけてしまった。

「待ってくれ。きみは僕のことを知らないのか？」

コンシェルジュはゆっくりとふり返った。

「当館に勤務しているパン職人、高瀬紗良のお兄様だとうかがっておりますが」

「そのわりには知らん顔だな」

「仕事中にプライベートな事情を持ちこむのはどうなのかと思いまして。ですが、高瀬様のほうから話をふってくださったときは、きちんとご挨拶をするつもりでした。私的な話をするお許しをいただいたと判断してもよろしいですか？」

背筋を伸ばした彼は、ふたたび冬馬と向かい合った。上品に微笑む。

「改めまして、本城要と申します」

「紗良の交際相手と聞いたが、本当なのか？」

「はい。まだつき合いはじめて一カ月くらいなんですけど。仕事に支障が出るといけないので、同僚には内緒にしています。誠さんもまだ知らないですよ」

挨拶をきっかけに、彼――要の口調が砕けた。いまはコンシェルジュではなく、個人的に話しているのだろう。下の名前で呼んだ叔父とも親しそうだ。

「誠さんは父の友人なんです。このホテルは両親が経営していて」

（オーナーの息子なのか）

以前、紗良が断った縁談の相手は、祖父のお眼鏡にかなっただけのことはある経歴の持ち主だった。要の詳しい経歴はわからないが、小規模とはいえホテルの跡取り息子と聞けば、家柄にうるさい祖父も頭ごなしに反対することはないだろう。高瀬家の娘だから近づいたという可能性は捨て切れないが……。

妹はよく言えば素直、悪く言えば愚直な性格だ。他人をあまり疑わないから、邪《よこしま》な思惑を抱く男にだまされないとは言い切れない。そこは兄として案じている。

これまではパンづくりにすべての情熱をかたむけていたようだが、二十四歳にもなれば人生をともにしたいと考える相手ができてもおかしくない。いつか結婚したとしても、紗良は仕事を続けるはずだし、同僚ならそのあたりの理解もあるだろう。

(まあ、無事に結婚までたどり着ければの話だけどな)

脳裏に元婚約者の顔が浮かび、冬馬は皮肉気な笑みを浮かべた。

三年交際した自分たちも、結婚には至らなかった。どれだけ親密になったとしても、人の心は移ろいやすい。つき合いの長さに関係なく、壊れるときは壊れるのだ。

「そうだ。もうひとつお許しいただきたいことが」

「？」

「下の名前で呼んでもいいですか？　高瀬家の人が三人もいるとまぎらわしくて」

「ああ。好きに呼んでくれてかまわない」

要は「ありがとうございます」と言って、話を続ける。

「さっそくですが、冬馬さんは妹さんが働く姿をご覧になったことがありますか？」

「いや……一度もないな。前の職場にも行ったことがなかったし」

「でしたら、ちょっと見学してみましょう。いまならそれほど忙しくはないので、のぞき見するには絶好の機会です」

「の……のぞき見？」

思いがけない誘いに、冬馬は目を丸くした。戸惑っていると、近づいてきた要に右腕をとられる。さきほどまでの礼儀正しいコンシェルジュはどこに行ったのか。

「さあ、いざ厨房へ」

得体の知れない笑顔には、妙な迫力がある。断ることもできずに、冬馬は客室から連れ出されてしまった。


まだ食事の時間ではないため、厨房につながる廊下は静まり返っていた。

(夕食の仕込み中か？)

牛肉でも炒《いた》めているのか、厨房からは食欲をそそる香りがただよってくる。冬馬は和食派で、洋食は好きでも嫌いでもないのだが、元婚約者とつき合っていたときは、彼女の好みでフレンチやイタリアンのレストランで食事をすることがよくあった。

「今夜のメインはブッフ・ブルギニョンだとのことですよ」

「ブッフ……なんだって?」

「ブルギニョン。牛肉の赤ワイン煮込み、ブルゴーニュ風です。ビーフシチューの原型だとも言われていますね。その名の通りブルゴーニュワインを使って煮込むので、飲み物も赤ワインにするのがおすすめです。ぜひお試しを」

酒に強い叔父や妹とは違い、あいにく冬馬は下戸《げこ》だった。赤ワインは無理だろう。

「紗良さんが焼くバゲット・カンパーニュとも、相性は抜群です。小麦粉にライ麦を加えた生地を使っていて、ほのかな酸味がソースとよく合うんですよ」

「やけに詳しいな」

「スイートルームの給仕を担当することもあるので、必然的に。お客様からの質問にはいつでも答えられるようにしています」

話しながら歩いているうちに、いつの間にか厨房の前に来ていた。ドアは閉まっているが、四角い窓から中の様子を見ることができる。

「あ、紗良さんいますよ。ここからでも見えます」

要にうながされてのぞいてみると、銀色の調理台の前に紗良が立っていた。腕まくりをしたコックコートを身に着け、白い衛生帽子をかぶった妹は、台の上に広げた生地を麺《めん》棒で伸ばしている。実家では見たことのない、真剣な表情だ。

「あれも今夜の夕食に？」

「いえ、明日の仕込みでしょう。夕食用のパンは、あとは焼くだけになっているかと」

「そうなのか……」

「紗良さんがつくるパンは、一晩かけて低温で発酵させる製法をとっているものが多いんですよ。だから前日のうちに、ある程度まで作業を進めておくんです。従業員寮がすぐ近くにあるので、夜にも来ているみたいですけど」

「勤務時間外だろう」

「本人的には、それがどうしたって感じですね。夜は主に新作の研究をしています」

(どれだけパンが好きなんだよ、あいつは)

冬馬の視線の先で、紗良はきびきびと作業を続けている。コック帽をつけたシェフに話しかけられると、手を止めて言葉をかわした。相手は長身で強面だったが、まったくひるむ様子はなく、笑みを浮かべる余裕もあるようだ。

「彼女、元日に仕事の一環で振袖を着たんです。お客様をお迎えするために」

「実家にあったものだろう。うちの家政婦から聞いた」

「紗良さんの振袖姿、それはもうきれいでしたよ。元が美人なだけに、そのあでやかさに目を奪われました」

　恥ずかしげもなく褒めたたえた要は、「でも」と続ける。

「どんなに華やかに装っても、コックコート姿の輝きにはかなわないんですよ。彼女をいちばん魅力的に見せる服は、間違いなくあの仕事着だと思います」

「――――」

　化粧のひとつもしていない、裏方の仕事着姿。華やかさなどかけらも感じられない格好なのに、不思議と目が引き寄せられてしまう。パンに対する情熱があふれ出ているような、生き生きとした表情がそう見せるのか。

　厨房でシェフと協力し、熱意をこめて仕事に集中している紗良は、どこから見てもプロのパン職人《ブーランジェール》だった。そんな彼女にはやはり、コックコートがよく似合う。

「格好いいでしょう。本人は『まだまだひよっ子だ』なんて言っていますけどね。たしかに職人の世界ではそうなのかもしれませんが、プロ意識の高さは本物です」

「そう……だな」

冬馬は職人ではないが、紗良が全力で仕事と向き合っていることはわかった。

すべての社会人が、自分の仕事に誇りを持てるわけではない。それができる紗良は恵まれているし、幸せ者だと思った。天職に出会い、立派に自立した妹が、昔のように祖父の言いなりになることはもうないだろう。

その働きぶりを見つめていると、しばらくして紗良がこちらに気がついた。ぎょっとしたように目を見開き、あわてふためきながら近づいてくる。

「おおお、お兄さま！　なぜここに？　しかも要さんと一緒!?」

「冬馬さんのチェックインを担当したついでに、紗良さんがバリバリ働く姿を見ていただこうと思ってね。あ、ご挨拶はきちんと済ませてあるから大丈夫」

「そ、そうですか。その……変なこと言っていませんよね？」

「変なこと？　どこまで進んでいるかって話なら……」

要が意味ありげに笑うと、紗良は「そんなことまで話したの!?」と真っ赤になった。明らかな冗談にもあっさり引っかかるのだから、実にからかい甲斐がある妹だ。

（これは俗にいう『じゃれ合い』なるものなのか……？）

仲のよさを見せつけられてあきれていたとき、右手に持っていたスマホから電話の着信音が聞こえてきた。画面を確認したとたん、眉間にぐっとしわが寄る。

「お兄さま？」

迷っていると、やがて音が止んだ。何もなかったことにしようかと思ったが、わざわざ電話をかけてきたのだから、緊急事態が起きたのかもしれない。顔を上げた冬馬は「用ができた」と言ってその場を離れた。

誰もいない部屋で話すのも嫌だったので、適度に人が行き来しているロビーのソファに腰を下ろす。覚悟を決めて折り返しの電話をかけると、三回目のコールで相手が出た。

『冬馬さん？　急に電話してごめんなさい』

「いや……。それで、用件は？」

長話をするつもりはなかったので、すぐに本題に入る。元婚約者の竹内《たけうち》弥生は、少しためらいながら『実は』と切り出した。

『さっき、長谷部《はせべ》のおばさまから連絡があったの。近いうちに両親と話をしたいって』

彼女が言う「おばさま」とは、少し前に実家で会った大叔母のことだ。元は高瀬家の人間だったが、嫁いで苗字《みようじ》が変わっている。弥生は大叔母の知り合いの孫娘で、三年前に冬馬と見合いをしたのち、婚約が決まったのだ。

(大叔母様、もう動いたのか)

「それで、あの人はなんて言っていた？」

『婚約破棄に至った事情は聞いた。冬馬が全面的に悪かったのだから、縁談を世話した者として謝罪したいって』

意外に義理堅いなと思いながら聞いていると、弥生は心苦しそうに続けた。

『冬馬さん、私、やっぱり本当のことを話します。おばさまは何も悪くないのに、頭を下げさせるなんてできないわ。申しわけなくて』

「だめだ。そんなことをしたら、大叔母だけじゃなくて祖父も許さない。結婚を回避するには、僕のほうに責任があることにしておかないと。きみのお父さんの立場を悪くしないためにも、黙って話を合わせておくべきだ」

『でも……。私の勝手で冬馬さんの顔に泥を塗るわけには』

「きみをこっぴどく捨てたことにすれば、今後は面倒な縁談も来ないだろうし、こっちにとってもメリットになる。しばらくは仕事に集中して、将来のことはゆっくり考えていこうと思う。だから気にしなくていい」

なおも戸惑う弥生を言いくるめ、冬馬は通話を切った。

大きく息を吐き出しながら天井をあおぐと、いまの気分には不似合いな、豪華なつくりのシャンデリアが目に入る。まだ明かりはついていないが、数時間後にはまばゆい光で周囲を照らすのだろう。

洋館はもちろん、フランス料理や薔薇園にも興味はない。しかし――

(弥生は好きなんだろうな、こういうの……)

ぼんやり考えているうちに、封印したはずの気持ちがふたたび燻《くすぶ》りはじめた。


「お疲れさまでーす」

二十一時過ぎ。夕食の時間が終わったころを見計らって、紗良はいつものように厨房に舞い戻った。

秋から着手した薔薇酵母《こうぼ》のブールは、元クラスメイトの助言のおかげで、満足のいく出来に仕上がった。今月からは春に販売する予定の新作を考えている。あらたなパンを生み出すための研究に終わりはなく、時間はどれだけあっても足りないくらいだ。

(そういえばお兄さま、夕食は気に入ってくれたかな)

猫番館では、隼介が得意としている和風フレンチを夕食で出すことがある。そちらのほうが兄の好みに合いそうなのだが、あいにく今夜は正統派のフランス料理だった。紗良が焼いたパンを食べ、どう思ったのかも気になる。

「桃田《ももた》くん、ちょっと質問」

隼介の目を盗み、紗良は流しで黙々と食器を洗っている、アルバイトの青年に話しかけた。忙しいときは皿洗いも厭《いと》わない働き者の彼は、本来はウェイターとして宿泊客の給仕を担当している。

「うちの兄、夕食はちゃんと食べた？」

「パンは？」

「高瀬様ですよね。はい、どの料理も完食されてましたよ」

「食事が終わったときには、影も形もありませんでしたね」

紗良はぱっと表情を輝かせた。残さず食べてくれたのだと思うと、よろこびも大きい。

「ただ……ひとつ気になることが」

ちらりとこちらを見た彼は、独特のクールな口調で続けた。

「高瀬様、ドリンクは赤ワインを選ばれたんですけど」

「赤ワイン⁉」

驚きのあまり甲高《かんだか》い声が出てしまう。お酒に弱いはずの兄が、なぜそんなものを？

「ああ、やっぱりあの方、下戸なんですね。一口で顔が真っ赤になったから、そうなのかなと。グラスで一杯飲まれたんですけど、だからって余計な口出しはできないし、黙って見守ることしかできなくて」

「倒れたりはしなかった？　酒乱の気はなかったと思うけど……」

「それは大丈夫でした。食堂を出るとき、足下がおぼつかない感じはありましたが」

「そう……。心配かけてごめんなさい」

作業をはじめようと思ったが、兄のことが気にかかって集中できない。

とりあえず様子を見ておこうと、紗良は厨房を出て二階に上がった。二〇五号室のドアをノックしたが、反応はない。少し強めに叩いても、なんの気配も感じなかった。泥酔して眠っているだけならいいのだが——

（ま、まさか意識不明で倒れているとか!?）

悪い想像が頭の中を駆けめぐり、血の気がざあっと引いていく。フロントで合鍵を借りてこようかと思ったとき、かすかな物音が聞こえた。ゆっくりとドアが開き、不機嫌そうな顔をした兄があらわれる。

「よかった、生きてた……！」

「人を勝手に殺すな。こんな時間にそんな格好でなんの用だ」

顔色はひどかったが、呂律《ろれつ》はしっかり回っている。冷たくにらみつけられても、毎日のように隼介の眼力で鍛えられているため、少しも怖くない。ひとまず胸を撫で下ろした紗良は、腰に手をあて兄を見上げた。

「聞きましたよ。お兄さま、ワインを飲まれたそうですね。なぜそんな無謀なことを」

「おまえには関係ない」

「大ありですよ！　中で倒れでもしていたらどうしようかと、気が気じゃなかったんですからね。いい歳の大人なんだから、自分の体質に合わないことはしないでください」

自分が兄を叱《しか》りつけるなんて、生まれてはじめてではないだろうか。

兄も驚いたらしく、両目をしばたたかせる。しかし無防備な顔をしたのは一瞬で、すぐに「うっ」とうめいて口元を押さえた。

「だ、大丈夫ですか？　吐きそう？」

兄は答えず、こちらに背を向けた。そのままトイレに行ったので、状況を察して追いかける。開けっ放しのドアからのぞいてみると案の定、中で嘔吐《おうと》していたため、紗良は少しでも楽になればと背中をさすった。

ようやく吐き気がおさまり、洗面所で口をゆすいだ兄は、頼りない足どりでベッドに向かった。いったん厨房に戻った紗良は、ミネラルウォーターに砂糖と塩、そしてレモン汁を加えて経口補水液をつくり、兄の部屋に持っていく。

「お兄さま、これを飲んでください。脱水症になるのを防がないと」

ベッドにうつぶせになっていた兄は、億劫《おっくう》そうに起き上がった。グラスに入った経口補水液を一気に飲んでから、今度はあおむけになって寝転がる。

「情けないところを見られた……」

「わたしは気にしていませんよ。具合はどうですか？」

「さっきよりはよくなった。まったく、慣れないことはするものじゃないな」

いったい何があったのだろう。普段は理性的できちんとしているのに、いまの兄は髪も服も乱れ、うつろな目で天井を見つめている。一時的にでもストレスから逃れたくて、ついお酒に手を出してしまうことがあるそうだが、もしや兄も……？

いくら身内とはいえ、踏みこんで訊くのもはばかられる。かといって沈黙が続くことにも気まずさを感じていると、兄のほうから口を開いた。

「……昼間に会ったおまえの相手」

「要さん？」

「高瀬の名に惹《ひ》かれたようには見えなかったし、見てくれだけを気に入っている感じでもなさそうだった。仕事に対するプロ意識も高いだろうな。たいした話をしたわけでもないが……おまえにしては悪くない男を選んだんじゃないか」

あの兄が他人を素直に褒めるなんて。しかも妹の彼氏だと思っている相手を。

（要さん、ただ者じゃない……！）

「とはいえ、まだつき合って一カ月程度じゃ、結婚は遠いな」

「そ、そうですね。人間関係は得てして複雑です。いつ別れてもおかしくありません」

「その意見には全面的に同意する。仮に婚約まで進めたとしても、籍を入れる直前に別れることだってあるからな。僕と弥生みたいに」

「えっ！」

紗良は大きく目を見開いた。婚約者と別れた？　初耳だ。

（あ……。だから大晦日に弥生さんの話をしたとき、機嫌が悪くなったんだ）

「別れたのは一カ月くらい前か。大叔母様には僕が彼女に飽きたからと言ったが、本当は違う。弥生に別の男ができたからだ」

「………」

「いや、前の相手とよりを戻したと言うほうが正しいか」

弥生は大叔母夫妻が懇意《こんい》にしている、老舗《しにせ》の酒蔵を営む家の娘で、三年前にお見合いを経て兄と婚約した。二、三度会ったことがあるけれど、兄よりもひとつ年下で、物静かで礼儀正しい女性だという印象が残っている。気質が似ているから、気むずかしい兄とも波長が合うだろうと思っていたのに。

「弥生さん、つき合っていた方がいらしたんですか」

「高校時代の同級生で、卒業をきっかけに八年近くもつき合っていたそうだ」

「お兄さまとお見合いするころには別れていたんですよね？」

「一応な……」

もう隠す気はないのか、兄はぽつりぽつりと語りはじめた。

当時、弥生の実家は酒蔵の経営がうまく行かず、資金繰りに困っていたらしい。一方の大叔母は、高瀬家の跡取りである冬馬と釣り合う結婚相手を探していた。そこで援助を申し入れるとき、弥生の両親に縁談を持ちかけたのだという。

「それはその……一種の身売りのようなものでは」

「大叔母様曰《いわ》く、受けるかどうかは本人の意思にまかせたそうだが。たとえ受けなかったとしても、援助はしたとも言っていた。どこまで本当かはわからないけどな」

「何せ、あの大叔母さまですからねえ……」

「先方からすれば、これほど断りにくい話もないだろう。大叔母様の機嫌を損ねでもしたら、援助もなかったことにされるかもしれないと思ったはずだ」

弥生には長いつき合いの恋人がいたのだが、親族に別れるよう説得され、事情を知った彼も身を引いた。それから三年は会うことも話すこともなかったのだが、あるとき偶然再会し、お互いにまだ想い合っていることがわかったそうだ。

「打ち明けられたのは秋ごろだったか。こんな気持ちじゃ結婚できないと泣かれたら、とるべき道はひとつしかないだろう」

「それで婚約破棄を……」

「何も知らなかったとはいえ、僕はあのふたりの仲を引き裂いた、厄介《やっかい》な邪魔者でしかない。僕が一方的に破棄したということにしておかないと、弥生はもちろん、ご両親の立場も悪くなる。酒蔵もなんとか持ち直したし、余計な心労はかけたくないんだ」

「お兄さま……」

自分を悪役に仕立て上げてまで、弥生とその実家を守りたいのか。

大叔母に事実を暴露《ばくろ》することもできたし、何も聞かなかったことにして結婚するという道もあった。それをしなかったのは、きっと彼女に少なからずの愛情を抱いているからなのだろう。そうでもなければ、この兄がひとりの女性と三年も続くはずがない。手放したことがつらいから、お酒に逃げたくなるときもある。

情に薄くてとっつきにくい人だと思っていたけれど、違う。表層だけで判断していた未熟な自分が、その奥にある本質を見抜くことができなかったのだ。

――いまの兄の前で、嘘はつきたくない。

深呼吸をした紗良は、「ごめんなさい」と口火を切った。

「わたしも本当のことを言います。要さんはただの同僚で、恋人なんかじゃないの」

「なんだって？」

「お兄さまが猫番館に予約を入れたとき、恋人のフリをしてほしいと頼んだんです。大晦日のあのとき、つい見栄を張ってあんなことを……。嘘をついてすみませんでした」

頭を下げると、ややあって小さく噴き出すような音が聞こえてきた。おそるおそる視線を上げた紗良が見たのは、笑いをこらえて口元を押さえる兄の姿。

「そんなことだろうと思ったよ」

「ええ？」

「実際、ここに来るまでは疑っていたんだ。僕への対抗心で見栄を張っているのはバレバレだったし。彼に挨拶されてからは真実味が増したけど、やっぱり裏があったのか」

怒ってはいないようだが、端《はな》から信じてはいなかったと聞くと、やはり悔しい。

「その、いまは仕事が第一ですけど。いつかは素敵な人とめぐり合う予定ですから！」

「はいはい。せいぜい頑張っていい男をつかまえてくれ」

むきになる紗良を軽くあしらい、兄はベッドの上で体を起こした。水分をとったおかげか、顔色はさきほどよりもだいぶよくなっている。

「紗良。おまえ、これから仕事か？」

「仕事というか、新作の研究です。勤務時間外だからまあ、趣味ですね」

「だったら時間はあるな。よかったら、もう少し話さないか」

口の端を上げた兄は、ベッドのふちをぽんと叩いた。

「お互いに実家にいたときは、こうやって本音で話すことはなかっただろう？　いい機会だし、いまなら腹を割っていろいろ話せるんじゃないかと思ってな。嫌だと言うなら強制しないが」

「何を言っているんですか。嫌なわけがないでしょう！」

紗良は飛びつくようにベッドに近づき、ふちに座った。「尻尾をふった犬みたいだな」と笑った兄は、これまで見たことがないほど優しい顔をしている。

「さて。何から話そうか」

長い間に生まれた溝を少しずつ埋めながら、静かな夜が更けていった。


翌朝、身支度をととのえた冬馬は、朝食をとるために食堂に向かっていた。階段を下りると、厨房のほうから流れてくるパンの香りが鼻腔《びこう》をくすぐる。

――昨夜はとんだ醜態《しゅうたい》をさらしてしまった。

納得して身を引いたはずなのに、弥生の声を聞いたとき、思っていた以上に心が乱された。まだ気持ちの整理がついていないから、あんな気持ちになったのだろう。だから何かで気をまぎらわせたくて、慣れないワインに手を出してしまった。

（それで紗良に介抱してもらった上、弥生とのことまで暴露するとは……）

普段の自分なら絶対にしないことだ。酔うと口が軽くなるとは聞いていたが、どうやら本当だったらしい。

（でもまあ……悪いことばかりじゃなかった）

昨夜は結局、紗良と二時間近くに渡って語り合ってしまった。

妹とあれほど長く話したのは、生まれてはじめてのことだ。学生時代は祖父の意に沿う成績をとることが最優先で、妹や弟にかまってやる余裕がなかった。だから大人になってもどう接すればいいのかがわからず、距離を置いていたのだ。

趣味ではない洋館ホテルに泊まっても、癒《いや》されることなどないと思っていた。しかし実際に一晩を過ごしてみると、夕食は美味だったし、ベッドの寝心地も申し分なかった。朝までぐっすり眠れたおかげで心は軽く、気分はとてもすがすがしい。

食堂に入ると、紗良が笑顔で近づいてきた。コックコートに臙脂色のタイと帽子、そして短い前掛けという、昨夜に見たときよりも洒落た格好だ。

「おはようございます。二日酔いとか大丈夫ですか？」

「ああ。寝ている間にうまく抜けたみたいだ」

「よかった。顔色もよくなったし、朝食も食べられますね」

紗良に案内されたのは、庭園に面した窓際のテーブルだった。パンはビュッフェ形式で好きなものを選んでいいそうなので、いくつかを皿にとる。席に着き、香り高い珈琲の苦味を楽しんでいると、紗良がワゴンを押して朝食を運んできた。

「卵料理のリクエストは、目玉焼きでしたよね」

テーブルの上に置かれたのは、表面に膜が張られていない、色あざやかなサニーサイドアップだ。卵がふたつ使われており、まわりはまったく焦《こ》げていない。冬馬が自宅でつくるものとは、見た目の美しさからして違う。

つややかな目玉焼きの隣には、脂《あぶら》を飛ばしてカリカリに焼き上げたベーコン。半熟の卵から流れ出た黄身に絡めて食べるのが最高だろう。サラダにはトマトとベビーリーフ、アボカドに加え、細かくちぎったモッツァレラチーズが使われている。

「あとはスープね。実はこれ、シェフじゃなくてわたしがつくったの。コンソメはシェフがストックしているものを分けてもらって」

紗良は最後に、湯気立つ白磁のスープカップを置いた。

「コンソメをベースに、つぶしたトマトと玉ねぎのスライスを混ぜてみました。どれも二日酔いに効果がある食材なんですよ。でも、気分がいいなら必要なかったかな」

ほかの宿泊客には、シェフがつくったポタージュを出しているという。このスープは紗良が兄のために手がけた特別メニューなのだ。

「いや、いただくよ。気を遣ってくれてありがとう」

嬉しそうに微笑んだ紗良は、皿の上に載っているパンに目をやった。

「ふふ。やっぱり選んでくれたんですね。バターロール」

「？」

「憶《おぼ》えていませんか？　わたし、小六のときに学校の調理実習でバターロールをつくったんです。それがとても美味しかったから、家でも同じものをつくりたくなって」

「ああ……そういえば」

冬馬は目を細め、そのときの光景を思い出した。

当時の自分は大学受験を控えており、くるったように勉強していた。しかし焦っていたせいか、数式も英単語も頭に入らず、空回りするばかり。模試の成績も伸び悩み、ストレスでどうにかなりそうだった。追い詰められて机の上で頭をかかえていたとき、ふいにどこからかバターの香りがただよってきたのだ。

――なんだこれは？

空腹の冬馬にとって、その香りはあまりにも魅惑的だった。

誘われるようにして立ち上がり、匂いをたどって台所に入った。すると、そこにはエプロン姿の紗良と琴子がいたのだ。

『お兄さま！　ちょうどよかった。いまバターロールが焼けたところなの』

『紗良さんが学校で教わったそうですよ。本当にいい香りですこと』

目を輝かせた紗良が、両手に持つ天板を自慢げに見せつける。

『まだ熱いから、もうちょっと待っててね。絶対に美味しいよ！』

琴子は極力手を貸さず、見守ることに徹したのだろう。初歩的なパンとはいえ、素人《しろうと》の子どもがつくったものだ。形はいびつだし、全体的なふくらみも足りない。表面も少し焦げ、見栄えは明らかに悪かった。それでも冬馬を引きつけたことは事実で――

「お世辞にもうまくできたとは言えなかったけど、お兄さま、残さず食べてくれましたよね。すごく嬉しかった」

「……………」

「あのときはまさか、自分がパン職人になるとは思わなかったな。人生、何が起こるかわかりませんね。でもわからないからこそ、冒険みたいでおもしろいのかもしれません」

視線を移した冬馬は、無意識に選んでいたパンを手にとった。

子どものころとはくらべようもないほど美しい、完璧な形のバターロール。凹《へこ》みもなくきれいにふくらんでいて、ボリュームも満点だ。焼き色にもムラがなく、表面には卵液が塗られているため、黄金色のツヤを生み出している。

パン職人ならあたりまえの出来なのだろう。しかしそこに至るまでには、血のにじむような努力があったに違いない。そんなそぶりはまったく見せず、お客の前では当然の顔をして最高のパンを提供する。それが妹なりの「プロの矜持《きょうじ》」なのだ。

「焼き立ては格別ですよ。ジャムやバターはお好みでどうぞ」

まだほのかにあたたかいそれを、冬馬は真ん中で割ってみた。

細かな気泡が入った断面を鼻先に近づけると、生地にたっぷりと練りこまれたバターがふわりと香る。あえて何もつけずに食べたが、嚙《か》めば嚙むほどバターの風味を感じられたし、繊細でやわらかい生地の食感も楽しむことができた。

「美味いな……」

「ありがとうございます。たっぷり朝食をとって、今日も一日頑張りましょう」

「僕は休日だから、好きなことをしてのんびり過ごすよ。もう一泊できないのが残念だ」

苦笑したとき、テーブルの上に置いてあったスマホが鳴った。

発信者はボスだった。電話に出ると、飛び入りの案件を受けることになったから、急いで羽田《はねだ》空港まで来てほしいという。

『急遽《きゆうきよ》、古い友人の弁護を受けることになってね。午後の飛行機で四国に飛ぶわよ』

「はい?」

『そっちで調べなきゃいけないことがあるの。一泊するから支度もよろしく!』

一方的にまくし立てたかと思うと、通話が切れた。こういった休日出勤かつ出張は日常茶飯事《さはんじ》だったので、冬馬はうろたえることなく、やれやれと肩をすくめる。

(またあの重たいバッグを持たされるのか……)

毎回こき使われても嫌にならないのは、心の底ではボスを尊敬しているから。人間的にはどうかと思うこともあるけれど、弁護士としては優秀なのだ。自分もいつかは、彼女のような弁護士になりたいと思っている。

「紗良、ちょっといいか」

妹を呼んだ冬馬は、朝食用のパンが残っていたら、いくつか包んでもらえないかと頼んだ。忙しいボスはきっと、食事もとらずに空港にやって来るだろうから。

「プロの職人が焼いたパンだ。きっと所長もよろこんでくれる」

その職人が妹なのだと自慢する姿を想像しながら、冬馬は口元をほころばせた。

Tea Time

一杯目

どなたさまもごきげんよう。我こそはホテル猫番館《ねこばんかん》に君臨する、高貴なる看板猫。その名をマダムと申します。

種類は「おだやかな巨人《ジェントル・ジャイアント》」の異名を持つ、イエネコ最大級のメインクーン。たまに勘違いをしている人がおりますが、ジャガイモではありません。たしかに「メイン州のアライグマ」よりは、「五月の女王《メイ・クイーン》」のほうが、優雅で華麗《かれい》なわたしにはふさわしい名前です。その点については、あの芋《いも》がうらやましくなりますね。

それはともかく、わたしはいま、強敵と必死に戦っています。

視線の先にあるのは、長方形の大きなテーブル。モコモコとした布団がついており、天板の上にはみかんが盛られたカゴが置いてあります。もうおわかりでしょうが、これは日本が誇る伝統的な暖房器具。「こたつ」という名の魔物です。

え？　なぜ魔物なのかって？

わたしはこれまで、何度も見てきたのです。この従業員寮に住む人々が、あの布団の中に取りこまれ、立ち上がる気力を奪われていく様を。自分に厳しい料理長の隼介《しゅんすけ》さんですら、一度こたつに入ってしまうと、普段は絶対に見せることのない、気の抜けた表情をさらす有様です。なんておそろしい相手なのでしょう。

隼介さんまでもが餌食《えじき》になった強敵ですが、わたしはまだ、その魔の手からは逃れられています。下僕の要《かなめ》は魔物の手先に成り下がったのか、「猫とこたつは切っても切れない関係なんだよ?」と笑顔でのたまいますが、わたしは負けません。

負けません……が………。

ソファの上でこたつをにらみつけていたわたしは、小さく身震いしました。

年が明けたばかりの一月。今日は朝から冷えこみが強く、リビングは冷気で満たされています。住人はみな仕事中のため、寮にいるのはわたしだけ。普段は暖房がついていなくても、自慢の冬毛で乗り切れるのですが、いまは少々厳しいかもしれません。

物言わぬ魔物は、ただそこにたたずむだけ。人畜無害な顔をして、あの布団の中にはどのようなおそろしい世界が広がっているのでしょう。

そう思うのに、視線がはずせません。寒さに耐えかねたわたしは、ふらりと立ち上がりました。引き寄せられるようにしてこたつに向かい――

『はっ』

気がついたときには、わたしは魔物にあえなく飲みこまれていました。電源は入っていないのに、冷気を遮断《しゃだん》するだけで、外よりは数段あたたかく感じます。暗くて狭い、それだけで猫にとっては魅力的な場所になるのです。

もう外に出る気にはなれず、わたしはこたつの中で体を丸めました。

ですが、これまでこたつに抵抗していた手前、住人たちにはわたしが屈服したことを知られたくありません。彼らに見られる前に、ここから出なければ……。

じっとしながら考えていたとき、廊下の奥から玄関のドアが開く音が聞こえました。誰かが帰ってきたのです。外に出ようと思ったのに、なぜか体が動きません。そうこうしているうちにリビングのドアが開き、何者かの気配が近づいてきます。

「誰もいないのか」

ぽつりと漏れた声は、まぎれもなく下僕のもの。続けてピッという電子音をとらえたので、エアコンをつけたのでしょう。

要に気づかれる前に、どうにかしてここから抜け出さなければ。

慎重にタイミングをはかっていたときでした。布団に隙間《すきま》ができたかと思うと、いきなり外から二本の足が突っこまれたのです！

（ひいいっ）

「あー……誰もいないと足が伸ばせていいなぁ」

わたしはかろうじて悲鳴をあげるのをこらえました。帰宅して早々、あっさり魔物に取りこまれてしまうとは、なんて軟弱な男なのでしょう！

「……ん？」

要の爪先が、かたまっているわたしの体に触れました。何度かその感触をたしかめてから、そっと足を離します。布団をめくられると身構えましたが、要は何事もなかったかのように、こたつのスイッチを入れました。

「可愛《かわい》い毛玉が入ってるから、もっとあたためてあげないとな」

頭上に熱を感じたかと思うと、周囲の温度が少しずつ上がっていきます。ぬくぬくとした布団の中は、さながら天国のような心地よさ。寮の住人たちが、あらがうこともできずに、この魔物にとらわれてしまった気持ちがよくわかります。

「ああ、やっぱりこたつは最高だ」

下僕に同意するのは癪《しゃく》ですが、これぱかりは文句の言いようもありません。

わたしは魔物のぬくもりに包まれながら、ゆっくりと目を閉じました。

二泊目

箱入り娘の憂鬱

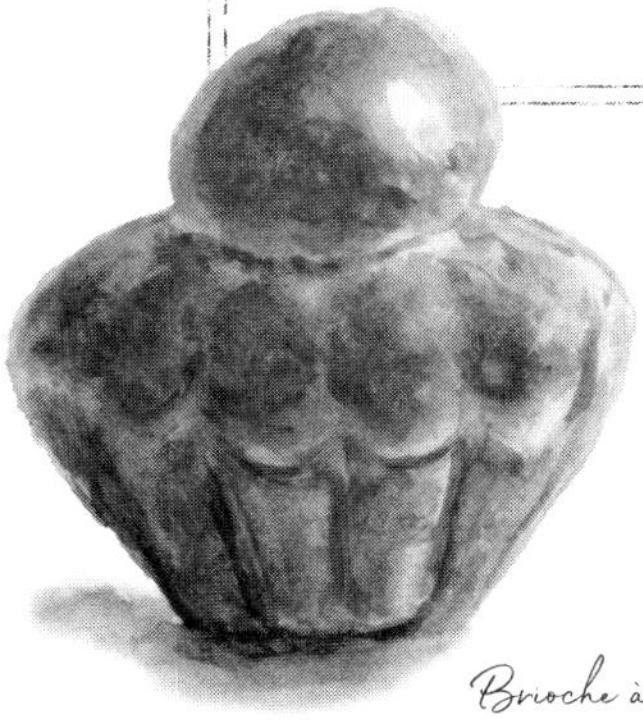

Brioche à tête

一月下旬、羽田空港《はねだ》――

長期滞在向けの大きなスーツケースを引きながら、本城結奈《ほんじょうゆいな》は事前に決めておいた待ち合わせ場所に向かっていた。

(外、寒いのかなー。すぐ車に乗っちゃうだろうから関係ないか)

結奈が身に着けているのは、ショート丈のダウンにベージュのニットワンピース。胸まであるまっすぐな黒髪は下ろしたままで、底が厚めのスニーカーを履《は》いている。フライト時間が長かったので、楽な格好を重視した。

大学の交換留学で半年ほど滞在していたロサンゼルスは、この時季でも春先のようなあたたかさだった。一方で、本日の東京の最高気温は、一〇℃を切っているという。時差ボケもあって頭が重い。

(お腹《なか》もすいたし……)

時刻は十八時過ぎ。時差ボケ気味でも空腹はしっかり感じる。

あれこれ考えているうちに、待ち合わせ場所が見えてきた。近くにはスーツケースを持つ旅行者や、出張らしきビジネスマンが立っている。きょろきょろと視線を動かした結奈は、すぐに目当ての人物を見つけ出した。

「お兄ちゃん!」

五つ年上の兄——要《かなめ》は、結奈と目が合うとやわらかく微笑《ほほえ》んだ。その笑顔を見たとたん、長旅の疲れが一瞬で吹き飛ぶ。

ネイビーのコートにマフラーを巻いた兄は、ゆったりとした足どりで近づいてきた。

身長は平均的なのだが、腰の位置が高く、脚《あし》も長いためスタイルがよく見える。立ち姿や歩き方が洗練されているのは、ホテル勤務のコンシェルジュだからだ。常に背筋を伸ばしているのも、仕事で自然と身についた習慣らしい。

先週、家族に帰国予定の日を伝えたとき、公休日の兄が空港まで迎えに来てくれることになった。自宅は横浜《よこはま》市の青葉《あおば》区、あざみ野《の》にある一戸建てで、兄は大学の卒業を機に家を出ている。貿易商の父は仕事で家を空けがちのため、結奈が留学していた間は、母がひとりで住んでいたようなものだ。

父が多忙だということは承知していたが、母も今日はどうしてもはずせない用があるそうだ。もう子どもではないのだし、迎えがなくてもひとりで帰れるけれど、兄がわざわざ来てくれたのだと思うと嬉《うれ》しい。

結奈は兄の顔を見上げ、にっこり笑った。

「ただいま帰りました!」

「おかえり。時間通りだったな」

「遅れたら帰っちゃった？」

「まさか。結奈を置いて帰るわけがないだろ」

さらりと答えた兄は、結奈のスーツケースに手を伸ばした。こちらが頼まなくても、あたりまえのように荷物を持ってくれる。さりげないふるまいには、義務感やわざとらしさをまったく感じない。実にスマートで紳士的だ。

「ちょうど夕食の時間だし、何か食べてから帰ろうか」

「うん。お腹ぺこぺこ」

「リクエストは？　帰国したばかりだし、やっぱり和食かな。寿司《すし》とか天ぷらとか。定番といえばすき焼きもそうか。たしか四階にいろいろ店があったと思うけど」

「うーん……。向こうにも日本食のレストランはたくさんあったし、日系のスーパーで食材も買えたから、そんなに和食が恋しいわけでもないんだよね。むしろ洋食が食べたい気分。フレンチかイタリアンのコースなんていいかも」

「贅沢《ぜいたく》だなぁ。こっちは給料日前なのに」

苦笑しつつも、兄はだめだとは言わなかった。ふたりで食事をするとき、代金はいつも兄が支払ってくれる。今回もそのつもりなのだろう。とはいえ結奈も、記念日でもないのに高いものをご馳走《ちそう》してほしいとねだるほど図々《ずうずう》しくはない。

「冗談だよー。私、ほんとはラーメン屋に行きたいんだ」

「いきなり安上がりになったな」

「気を遣ってるわけじゃないよ？　ほら、うちの近くにあるお店。三日前くらいから、あそこの豚骨醤油《とんこつしょうゆ》ラーメンが食べたくて食べたくて。豚《ぶた》バラチャーシューも追加して、脂《あぶら》でギトギトにしたい欲望が」

「餃子《ぎょうざ》は？」

「もちろん！　ニンニク臭なんて気にしない！」

「俺は明日仕事だから、大将に頼んで抜いてもらうか……」

話がまとまると、結奈は兄のあとをついて駐車場に向かった。助手席に乗りこみ、空港を出る。道が空いていれば一時間ほどで着くだろうが、平日のこの時間だと混んでいるかもしれない。

「時間かかるかなぁ」

「我慢できないようなら、後ろにお菓子があるけど」

後部座席のシートの上には、小さな紙袋がちょこんと置いてあった。ハンドクリームやスキンケア、ヘアケア用品などを取り扱っている、海外の有名コスメティックブランドの袋だ。人気ではあるが女性向けで、兄が使うとは思えない。

（何あれ。彼女に渡すプレゼント？）

なんとなくむっとして、結奈の眉間《みけん》にしわが寄る。

兄はそういった話をまったくしないので（というか聞きたくもない）、これまで何人の女性とつき合ってきたのかは知らない（というか知りたくもない）。この容姿と性格で相手にされないわけがないし、実家にいたときもそこはかとなく女性の気配を感じたことがあったから、いま彼女がいてもなんらおかしくはないのだけれど。

「ねえ、お菓子なんてないよ？」

「袋があるだろ。その中」

どうやら紙袋は使い回しのようだ。引き寄せてみると、中には赤いリボンで口を縛った透明の袋がふたつ入っていた。中身は同じで、一口大の角切りにしたチョコレートケーキのようなものだ。チョコの中には砕いたナッツが混ぜられている。

「ブラウニー？」

「ラスクだよ。朝食ビュッフェで残った食パンを、うちのパン職人がリメイクしてスタッフに配ったんだ。まだ食べられるのに、かたくなったからって廃棄《はいき》するのはもったいないだろ。結奈を迎えに行くことを話したとき、『よかったら妹さんにも』って」

「へえ……。ラスクって古くなったパンでつくるの？」

「家庭ではね。商品として販売されているものは、新しいパンを使うだろうけど」

リボンを解いた結奈は、ラスクをひとつ手にとった。

口の中に入れて噛《か》んだ瞬間、水分を飛ばしたパンがさくりと軽い音を立てる。染みこませたチョコレートはカカオの香りを残した、まろやかなミルク系。ローストしたアーモンドの食感がアクセントになり、豊かな風味を生み出している。

「うん、美味《おい》しい！」

疲れた心身に、ミルクチョコの優しい甘さが染み渡る。ひとつだけにしようと思ったのに、ふたつ、三つと手が伸びてしまう。

「残り物とは思えないね。このままお店に出せそう」

「それもいいかもしれないな。最近はお菓子の一種として凝《こ》ったものを売っている店もあるし。紗良《さら》さんに提案してみるか」

「サラさん？」

はじめて聞く名前に、結奈は小首をかしげた。

「猫番館《ねこばんかん》のパン職人って、三輪《みわ》さんじゃなかったの？」

「ん？　結奈にはまだ話してなかったか」

赤信号で車を停めた兄は、結奈からラスクをひとつ受けとり口にする。

「三輪さんは家庭の事情で退職してね。もう一年以上前になるかな」

「そうだったんだ……」

山手《やまて》にあるホテル猫番館は、父が出資し、母が実質的な経営をまかされている。兄は大学卒業後、都内の外資系ホテルに勤めていたのだが、二年ほど前から猫番館で働きはじめた。ゆくゆくは母の後を継ぎ、オーナーになりたいのだそうだ。

結奈も高校生のころまでは、長期休暇になると猫番館に滞在し、家族でゆったりとした時間を過ごしていた。しかし大学に入ってからは、サークル活動や資格取得のための勉強などで忙しくなり、なかなか足が向かなくなってしまった。そして去年は留学していたこともあって、とうとう一度も行けなかったのだ。

(前に泊まったのって、おととしの夏? そんなにご無沙汰《ぶさた》だったんだ)

それだけの年月が流れたのなら、スタッフの顔ぶれも多少は変わったことだろう。三輪理津子《りつこ》は猫番館のオープン時からいたパン職人なので、辞めたと聞くと残念だ。

「新しいパン職人は、高瀬《たかせ》紗良さん。誠《まこと》さんの姪《めい》っ子だよ」

「誠おじさんの……?」

父の友人である彼は、猫番館のパティシエだ。いわゆる独身貴族で、結奈のことは自分の娘のように可愛《かわい》がってくれている。

苗字《みようじ》が高瀬なら、その姪は本家の娘なのだろう。名家のご令嬢であれば、釣り合いのとれる資産家と結婚し、働かずに暮らすこともできるはず。それなのに、あえてパン職人という仕事を選んだのはなぜなのか。俄然《がぜん》、興味が湧いてくる。

「あれ？　でも誠おじさんの姪ってことは……いくつの人？」

「俺よりふたつ下だったかな」

「そんなに若いの!?」

結奈が目を見開いたとき、信号が青に変わった。車がふたたび動き出す。

(二十四歳ってことは、私と三つしか違わないんだ。いくらなんでも若すぎない？)

前のパン職人も女性だったが、誠と同年代のベテランだから、安心感があったのに。

「猫番館のパン職人ってひとりしかいないでしょ。経験もたいして積んでなさそうな人で大丈夫なの？」

「実際に仕事ぶりを見ていれば、立派にやっているってわかるよ。なんたって、あの隼《しゆん》介《すけ》さんが受け入れているくらいだからね。貴重な人材だ」

「隼介……ああ、天宮《あまみや》シェフね。怖い顔の」

「たしかに紗良さんは、三輪さんとくらべたら経験値は低いし、技術もまだまだなのかもしれない。でも彼女は努力家で向上心も高いから、これから伸びていくと思うよ」

「ふーん……」

兄が誰かを手放しで褒めるのはよくあることだが、相手が若い女性だと、なんとなくおもしろくない。子どもじみた嫉妬《しっと》だとわかってはいるのだけれど。

「もう春休みに入ったんだろ？　いまのうちに猫番館に遊びにおいで。四年になったら就職活動と卒論でそれどころじゃなくなるだろうし」

「そうだね。久しぶりに泊まりに行こうかな」

「紗良さんのことも紹介しよう。事前に連絡をくれたら、結奈の好きなブリオッシュをつくってほしいと頼んでおくよ」

「ほんとに？　ますます行きたくなっちゃったー」

不機嫌な顔を見られたくなくて、結奈は兄から視線をそらした。

数日後、結奈は大学の構内にあるキャリアセンターに足を運んだ。

ほかの学生は後期試験の最中だが、結奈は留学先の大学で、十二月中に学期を終えている。だからといって遊び惚《ほう》けている場合ではなく、三月からはじまる会社説明会に向けて準備をしていかなければならない。

半年留学していたが、そちらでとった単位は有効だ。順調に行けば、来年の春には同期の学生と一緒に卒業できる。結奈の場合、残す単位は卒業論文を含めて三つなので、よほどのことがない限りは大丈夫だろう。

商学部に在籍中の結奈は、商社勤務を志望している。留学した理由も、就職に少しでも有利な経歴になればと考えたからだ。留学に行く前には可能な限り、インターンシップにも参加した。簿記検定も二級まではとったし、英語のスコアも上げている。

(あとはOG訪問か。はやめに連絡しておかないと……)

いくつかに絞った候補の中には、大学の卒業生が勤めている会社もあるのだ。まだ三十代前半の女性だが、都内の総合商社でバリバリ活躍しているらしい。あこがれの人だけれど多忙に違いないし、アポイントをとるだけでも大変そうだ。

「英語に関しては、在学中にスコアを九〇〇点まで伸ばしておきたくて」

「本城さんなら可能でしょう。現時点で八五〇点を超えていますし、卒業までの目標にすればいい。就職したら忙しくなりますしね」

相談員と話をしたり、資料を閲覧《えつらん》したりしているうちに、時刻は正午を回っていた。お腹がすいてきたので、トートバッグを肩にかけ、キャリアセンターを出る。

(お昼どうしよう。学食安いし、久しぶりに行ってみようかな)

せつなく鳴きはじめたお腹をなだめながら、学食に向かって歩いていたときだった。前方からやって来る男女を見て、思わず足が止まる。

──あいつ……！

回れ右をしようかと思ったが、もう遅い。こちらに気づいた男子学生は、少し驚いたような表情になったものの、すぐに目をそらした。モデルのようにスタイルがいい女子学生と一緒に歩きながら、結奈の真横を通り過ぎる。

ほどなくして、女性の甲高《かんだか》い笑い声が耳についた。背後から会話が聞こえてくる。

「いまの子、元カノだよね？　留学から帰ってきたんだ」

「そうみたいだな」

彼の返事はそっけない。

「どっかのお嬢様なんだっけ？　頭はいいみたいだけど、マジメすぎてつまらなかったでしょ。たいして美人でもないし」

「おい、やめろよ。結奈とはもう関係ないんだから」

次第に遠くなっていく声を聞きながら、結奈は両のこぶしをぎゅっと握りしめた。忘れようとしていたのに、怒りがふつふつと湧き出してくる。

（なんなのあれ!?　私、あんなのと半年もつき合ってたわけ？）

浮かれていたとはいえ、相手の本性を見抜けずに交際していたなんて。不誠実な相手よりも、愚かな自分に対して腹が立ってくる。

元彼（とも言いたくないが）は一年ほど前、同じ講義を受けていた女子学生から紹介された。学部は違ったけれど同学年で、猛烈なアプローチに押されるような形で、交際をはじめたのだ。

中学、高校と女子校で育った結奈にとって、相手ははじめてできた彼氏だった。つき合っていた半年間、元彼は紳士的で優しく、結奈を大事にしてくれた。しかしその笑顔の裏には、邪《よこしま》な下心が隠れていたのだ。まんまとだまされてしまったのは、元彼が演じていた偽りの姿が、信頼している兄に似ていたからなのかもしれない。

『本城さんの父親、横浜で会社を経営してるんだよ。貿易関係の』

留学に行く少し前、結奈は元彼の友人が話しているのを聞いてしまった。隣にいたのは知らない女性で、暑苦しくベタベタとくっついていた。

『調べてみたら、輸入家具とか海外雑貨を扱ってる、わりと大きな会社でさ。たしかホテル経営もやってたかな。本城さんはそこのご令嬢だったってわけ』

『あ、わかった。それが目当てで近づいたんだ？』

『はっきりとは言ってなかったけど、そんな感じだったな』

元彼の友人は、これまで結奈が見たことのない、嫌らしい笑みを浮かべて言った。

『このままつき合い続けてたら、就職が決まらなくても父親のコネで会社に入れてもらえるかもしれないだろ。結婚までこぎつけられたら逆玉だ』

『腹黒ねえ』

『バレなきゃいいんだよ。本城さんってこの手のことには鈍いから、適当に甘やかしてご機嫌さえとっておけば、気づくこともないだろうし』

さすがの結奈も、そこまで馬鹿《ばか》にされて黙っていられるほどお人好しではない。

結奈はその場を離れてから、すぐさま元彼に会って真偽を問いただした。否定してくれるのを期待していたのに、気まずそうに沈黙したことが、何よりの答えだった。

『そういうことなら、もうこれ以上はつき合えないよ。いままでありがとう』

ショックだったけれど、結奈は悲しみを押し隠して微笑み、別れを告げたのだった。

(まあ……誰もいないところで泣いたけど！)

般若《はんにゃ》のような顔で学食に入った結奈は、注文したトンカツ定食を怒りにまかせて平らげた。ご飯はお代わり自由だったので、二杯目に突入する。

エネルギーが充填《じゅうてん》されると、むくむくとやる気が湧いてきた。

(別れた相手のことなんて、考えるだけ無駄でしょ。いまは恋愛よりも就活！)

自分とかかわる男性は、父と兄がいればじゅうぶんだ。彼らは家族だから、自分を裏切ることはないはず。

昼食を終えた結奈は、電車とバスを使って自宅に帰った。

十五年前に建てられた家は、両親の好みが反映された、英国風の輸入住宅だ。玄関のドアを開けると、靴脱ぎ場に男性用の革靴と、細めのヒールがついたパンプスがそろえて置いてあった。見覚えがないから、両親のものではなさそうだ。

「マリー、ただいま」

靴を脱いで家に上がった結奈は、足下にすり寄ってきた大きな白猫をそっと撫《な》でた。長毛種の上に冬毛なので、ふわふわとしたさわり心地は、いつにも増して極上だ。

マリーはメインクーンのメスで、同じ母猫から生まれた双子の姉が、猫番館で飼われている。そちらは突然変異でオッドアイになったが、マリーは両目ともに金色だ。性格も誇り高い姉とは違って甘えん坊で、家族で溺愛《できあい》している。

「お帰りなさい、結奈さん」

少し遅れてやって来たのは、家事代行サービスの会社から派遣されている、通いのハウスキーパーだった。彼女は料理と洗濯専門で、掃除については定期的に外注の業者に頼んでいる。両親は共働きで忙しいため、とても助かる存在だ。

「お母さんは？」

「客間でお客様のお相手をされていますよ。遠山様《とおやま》……という方だったような」

「ああ……あのおじいちゃまね。こっちの靴はどちらさま？」

「遠山様のお孫さんです。付き添いでいらしているんですよ。あ、用意ができたらご挨拶《あいさつ》に来るようにと、奥様が」

「はーい」

疲れていたのでしばらく寝たかったのだが、無視するわけにもいかない。洗面所に入った結奈は、軽く身づくろいをしてから客間に向かった。

失礼しますと言って中に入ると、ソファに座っている母の綾乃《あやの》が微笑んだ。

「お帰りなさい。お昼は食べた？」

「うん。学食でね」

まだ四十四歳の母は、娘である自分の目から見ても美しく、華やかな雰囲気をまとっている。養子の兄とは異なり、自分は確実に母の血を継いでいるのだが、容貌《ようぼう》はあまり似ていない。父親似の顔が嫌いというわけではないけれど、もう少し母の遺伝子が濃く出てくれたらよかったのにとは思う。

「こんにちは、おじさま。ご無沙汰しております」

「おお、誰かと思えば結奈ちゃんか。大きくなったなぁ」

笑顔で挨拶すると、母の向かいに腰かけている遠山氏が表情をゆるめた。隣には二十代の後半と思《おぼ》しき、上品そうな女性が寄り添っている。彼女が孫娘なのだろう。

遠山氏は父の会社の大株主で、亡き祖父の時代からお世話になっているらしい。御年は九十近いはずだけれど、まだまだ元気のようだ。

「もう大学生なのか。何年生？」

「三年です」

「ということは、来年で卒業か。そろそろ見合い話を持ってきてもいいころだな」

「えっ」

（いやいや、いまどき大学生に縁談って）

世代的な価値観の違いなのか、遠山氏はどうにも感覚がずれている。

頬《ほお》が引きつりかけたものの、結奈はあくまで笑みを絶やさず、やんわりと反論した。

「お気遣いありがとうございます。ですが、私はまだ学生の身なので……。結婚につきましては、就職して仕事に慣れてから、ゆっくり考えようかと」

「きみのお母さんは二十一のときに結婚したけどねえ」

「母と私は違いますので……」

母は家庭の事情で大学には行けず、高校を出て就職した。状況がまったく違う。

ちらりと視線を動かすと、母は頰に手をあて、困ったような顔をしていた。相手が相手なので、強く出るわけにはいかないのだ。縁談云々《うんぬん》も、本人は善意のつもりだし、大株主の機嫌を損ねないよう、穏便に乗り切らなければ。

「そうだ、見合いといえば」

遠山氏は何かを思い出したのか、「実はね」と続ける。

「要くんにもこのまえ、縁談をすすめたんだよ。ここにいるうちの孫なんだが」

結奈はかろうじて声を出すのをこらえた。そんな話は聞いていない。母も知らなかったらしく、「そうなんですか？」と目を丸くしている。

「この子のほうが少し年上だけど、最近はめずらしくもないからね。ふたりが一緒になれば、要くんがいつか会社を継いだとき、力になれると思ったんだ。まあそのころにはさすがに私はいないだろうが、息子夫婦が後ろ盾につく」

どうやら遠山氏は、兄が父の後継者になる気はないことを知らないようだ。

「我ながらいい縁談だと思っていたんだが、断られてしまってねえ」

（え、その状況で？）

知り合いの娘ならまだしも、よりにもよって孫娘だ。立場上、断れないはず。

遠山氏の表情を見る限り、残念がってはいるが、怒ってはいないようだけれど……。

「なんでも将来を誓い合った人がいるらしくて」

「お兄ちゃんに!?」

思わず声をあげてしまった結奈は、あわてて口元を押さえた。

「しかも相手は、高瀬議員のお嬢さんだとか」

「高瀬議員のお嬢さん？　もしかして紗良ちゃ……紗良さんのことでしょうか」

母の問いかけに、結奈は首をかしげる。つい最近、どこかで聞いた名前のような。

「おや、綾乃さんも知っているのか。だったら本当なんだな。それにしても、いいところのご令嬢を射止めたものだ。要くんも隅《すみ》に置けないね」

「そ、そうですわね……」

「私の出る幕はなかったということだ。高瀬家のお嬢さんが相手なら、文句は言えない」

それからしばらくして遠山氏が帰っていくと、結奈は母に問いかけた。

「お母さん！　さっきの話、どういうこと？」

「私もよくわからないのだけれど……。要ったら縁談があったことすら言わないし」

「でも、紗良さんって人のことは知ってるんでしょ？」

「もちろんよ。だって彼女、猫番館のパン職人なんだもの」

「あっ！」

思い返せば空港に迎えに来てくれた日、兄もそんなことを言っていた。

あのラスクをつくった女性が、兄の恋人？　だからやけに彼女のことをベタ褒めしていたのだろうか。パン職人になった経緯も含めて、気になってしかたがない。

「まあ、要も大人だしね。おつき合いしている相手が誰であろうと、親が口を挟むべきことじゃないわ。正式に紹介されるまでは黙って待ちましょう」

「………」

「でも、本当に紗良ちゃんだったら嬉しいわ。あの子、とっても素敵なお嬢さんだもの」

母にはそう見えても、本質はわからない。元彼のように、外面《そとづら》はよくても内にはドロドロとしたものを隠している可能性だってあるのだから。兄がそんな女性に引っかかるとは思えないが、万が一という場合も……。

——いまのうちに猫番館に遊びにおいで。紗良さんのことも紹介しよう。

顔を上げた結奈は、客間を出て二階に駆け上がった。

二十二時過ぎ。寮のリビングにあるこたつで紗良が雑誌を読んでいると、ドアが開いてコート姿の要が姿を見せた。こんな時間まで仕事をしていたのか。

「お帰りなさい。寒かったでしょう」

マフラーをほどきながら、要は「まあね」と答える。そのわりには涼しい顔だ。

「でもすぐに帰れるから。通勤時間がない上に、家賃も激安。天国だよ」

「前の職場では寮に入っていなかったんですか？」

「賃貸のアパートだったよ。職場までは地下鉄《メトロ》で二駅だから、そんなに遠くはなかったんだけどね。でもラッシュはひどいし、ワンルームのくせに家賃は高いし……」

「わたしは下町のほうに住んでいたので、家賃は安かったんですよ。やっぱり都心で暮らしながら働くのは大変なんですね……」

「うん。だからここは最高だよ」

にっこり笑った要は、コートも脱いだ。その下はラフなセーターとジーンズ姿だ。

「もうみんな部屋に引き揚げたの？」

「ええ。特に叔父さまと天宮さんは、明日も朝から仕事ですし」

「勤務開始は紗良さんが一番はやいだろ。いつも十時には寝てるって言ってなかった？」

「わたしは明日、お休みなんですよ。だから久しぶりに夜更かしできます」

こたつから抜け出した紗良は、「お腹すいていませんか？」と問いかける。

「要さん、面倒なときはゼリー飲料とかで適当に済ませるでしょう。夕食をとっていないなら、わたしが何かつくります」

「いや、こんな時間に悪いよ」

「むしろつくらせてください。簡単なものならすぐにできますから」

遠慮する要をなんとか丸めこむと、彼は「じゃあお願いしようかな」と言って洗面所に向かった。共用キッチンに入った紗良は、自由に使える食材と残り物で手早く一品を仕上げる。出来上がるころには、チーズとトマトの香りが周囲を満たしていた。

「はい、お待たせしました」

「これは?」

「トマトのパン粥《がゆ》です。トマトソースとコンソメスープを合わせて煮たものに、細かくしたバゲットラスクを混ぜました。最後に粉チーズをふって完成です」

「へえ……」

「トマトソースとコンソメスープは、缶入りのストックがあったので。ラスクは叔父さまのおつまみ用につくった塩バター味の残りです。これなら疲れていてもさらっと食べられますし、お腹にも優しいと思います。食品ロスも防げて助かりました」

スプーンを渡すと、要は「いただきます」と言って、熱々のパン粥をすくった。少し冷ましてから口に入れる。

「どうですか？」

「美味しいよ。パンだけどリゾットみたいな感じだな。さっくりとした食感も少し残っているところがまたいい。トマトの酸味でさっぱりしていて、体もあたたまるね」

「よかった。体が資本なんですから、風邪とかひかないように気をつけてくださいね」

「ああ。おかげで明日も頑張れそうだ」

満足そうに笑った要は、食べ終わってしまうことが惜しいかのように、時間をかけてパン粥を平らげた。使った調理器具と食器は彼が洗うと言うので、素直にまかせる。

しばらくして作業を終えた要は、ふたたびこたつ布団の中に入った。

「やっぱりこたつはいいなぁ。俺の部屋にもほしい」

「でも、個室は狭いですからね。一人用でも幅をとります」

「そこなんだよ。特に俺の場合だと、まずベッドが大きいし」

要の部屋に置いてあるベッドのサイズは、セミダブル。彼は快適な睡眠を重視しているため、寝具についても妥協を許さない。ベッドのほかにも、趣味のカメラとその機材を収める棚や、洋服をかけるハンガーラック、マダムの寝床やキャットタワー（大型猫用）などが設置されていた。そこにこたつを導入するのは、なかなかむずかしい。

「ところで要さん、みかん食べます？」

「食べる。みかんって、個室のほうには持ちこめないんだよな。マダムが嫌がるから」

「柑橘《かんきつ》系の香りが苦手なんでしたっけ」

「猫にはよくあることだけどね。気にしない子もいる」

当のマダムは要の部屋に引き揚げているので、堂々と食べることができる。要は皮を剝《む》いたみかんの房を、口の中に放りこんだ。柑橘類特有の甘酸《あまず》っぱくさわやかな香りがただよい、まったりとした空気が流れる。

(夜更かししてよかった)

いつものように眠っていたら、こうやって要とのんびり過ごすことはできなかった。とはいえ、特別なことをするわけではない。夜食をつくってそれを食べ、あとはこたつであたたまりながら、みかんを剝いたり他愛のない話をしたり。それだけなのに、心の中がほんわかと幸せな気持ちで満たされる。その気持ちを生み出している源《みなもと》については、なんとなく気づきかけてはいるのだけれど……。

(と、とりあえずみかんをもう一個)

紗良がカゴに手を伸ばしたとき、反対側から伸びてきた要の手とぶつかった。お互いの指が触れ合った瞬間、驚いて体ごと引いてしまう。

「ご、ごめんなさい！　すみません！」

「いや、そこまで力強くあやまることはないんだけど……」

面食らっていた要は、すぐさまにやりと笑って身を乗り出した。

「顔が赤いけど、何、もしかして意識してるの？」

「そ、そんなわけないでしょう。これはその、ちょっとびっくりしただけですから！」

「そうだよなぁ。ふたりで仲良く同じこたつに入っておいて、何をいまさら」

「変な言い方しないでください。そんなことばかり言っていたら、今後は頼まれてもお夜食はつくりませんよ？」

「それは嫌だな。あのパン粥、美味しかったからまた食べたいし」

元の位置に戻った要は、何事もなかったかのようにみかんの皮を剝きはじめた。

紗良のほうも反射的に怒ってはいるけれど、見せかけに過ぎない。こういったやりとりを、心の底では楽しんでいる。本当のことを言ったら、彼はどう思うだろう。

(……やめておこう。調子に乗ってパワーアップされたら困るもの)

心を落ち着けるため、湯呑《ゆの》みに入った緑茶を飲んでいると、要が口を開いた。

「あ、そうだ。昼間に妹から電話があったんだけど」

「妹……。結奈さんですよね」

結奈については以前、一緒に撮ったという写真を見せてもらった。

彼女は紗良がこよなくあこがれている、まっすぐな黒髪の持ち主で、母親の綾乃よりは父親である本城氏の面影が強かった。少し幼さを残した卵型の顔が可愛らしく、日本人形のような髪型も相まって、着物が似合いそうな印象がある。

「先週、留学先から帰ってきたんだ。久しぶりに猫番館に泊まりたいって言うから、スイートルームを予約しようとしたんだけど、マリーと一緒がいいらしくて」

「マリー？」

「実家で飼っている猫。マダムの妹で、外見はそっくりだよ。目の色だけは違うけど」

「あんなにきれいな美猫が、もう一匹存在しているんですか……!?」

紗良は両手を組んで感動に打ち震えた。これはぜひ、間近でお目にかかりたい。

(ああでも、仕事中に猫に近づくのはご法度《はっと》。さわるのも我慢しないと)

仕事が終わったら会えるだろうか。できることなら、マダムと並んだ姉妹写真も撮ってみたい。想像するだけで胸が躍《おど》る。

「話を戻すけど、スイートルームは猫を連れて入れないだろ。猫と一緒に泊まれるのは十五室中、三部屋だけ。人気だからなかなか空いている日がなくてさ。幸い再来週に二日間の空きがあったから、予約を入れたんだ」

「二泊で帰っちゃうんですか？　あっという間ですね」

「春休み中でも、就活の準備や卒論の資料集めで忙しいんだよ。四月から四年だし」

「就活……」

　紗良が通っていた製菓専門学校は二年制だったので、クラスメイトたちは二年に上がると、すぐに就職活動をはじめていた。紗良は卒業後、師匠のベーカリーで修業することが決まっていたので、採用面接は猫番館で受けたものがはじめてだ。

「妹さんはどんな業種を志望されているんですか？」

「商社だよ。それも一般職じゃなくて総合職。ああ見えて上昇志向が強いんだ」

「格好いい！　高みをめざして働く女性ってあこがれます」

　紗良は両目を輝かせた。楚々《そそ》とした見た目とは異なり、中身はアクティブのようだ。

「わたし、妹さんとお会いするのははじめてなんです。緊張していたんですけど、なんだか楽しみになってきました」

「紗良さんのことはもう話してあるんだ。結奈が来たときに紹介するよ」

「はい！　そうだ、結奈さんのお好きなパンはなんですか？　教えていただけたら、宿泊されたときにおつくりします」

「好物はブリオッシュ。上に頭みたいなものがついた形の」

「ブリオッシュ・ア・テットですね。承知しました」

わくわくする紗良とは裏腹に、要はこたつテーブルに片肘《かたひじ》をつくと、ぽつりと言う。

「それにしても、どういう風の吹き回しかな」

「？」

「そんなに乗り気じゃなかったように見えたんだけどなぁ……」

彼が何を思ってその言葉を発したのか、紗良には見当もつかなかった。


そして日にちが過ぎ、カレンダーは二月になった。

結奈が猫番館にやって来る前日、お昼の休憩を終えた紗良は、意気揚々《ようよう》とブリオッシュの製作にはげんでいた。今日のうちに一次発酵《はっこう》までを済ませておき、さらに冷蔵庫で十二時間以上寝かせることで、明日の夕食に合わせて焼き立てを出すことができる。

ブリオッシュは基本的な材料でつくるバゲットとは違い、卵やバター、牛乳といった副材料も贅沢に使用した、リッチなパンの代表だ。形はさまざまだが、ブリオッシュと聞いてまず思い浮かべるのは、上部に丸い頭《テット》がついたものだろう。僧侶の頭をかたどったというそれを、ブリオッシュ・ア・テットと呼ぶ。

広く知られている言葉に「パンがなければお菓子を食べればいい」というものがあるけれど、そのお菓子とはブリオッシュを意味しているとか。しかしこの言葉自体が創作だともいわれているので、真偽は不明だ。

(本当は朝食用だけにするつもりだったんだけど)

菓子パンの一種であるブリオッシュだが、生地はフランス料理にも使われている。フォアグラとよく合うらしく、テリーヌやソテーに添えることが多い。

『クリビヤック?』

『ああ。ロシア料理が起源で、簡単に言えばパイ包み焼きってところか。使うのはパイ生地に限らず、ブリオッシュ生地でもかまわない』

隼介が夕食のメインに決めたその料理は、オーロラサーモンを筆頭に、ほうれん草のピラフやキノコのソースなどを包み、オーブンで焼き上げたもの。かなりの手間がかかるそうだが、オーナーの愛娘《まなむすめ》が来館するとなれば、隼介も気合いが入るのだろう。

『ロシアにちなんで、スープはボルシチにする』

『そういうことでしたら、添えるパンはバゲットじゃなくて食パンはどうでしょう。サワークリームを入れて焼くんです。ボルシチにも合いそうですよ』

『ほう……おもしろい案だな。採用だ』

そんなやりとりを思い出しながら、紗良はボウルの中にブリオッシュの材料を入れていく。バターは冷やしておいたものをあとから加えるため、ここでは使わない。

生地は夕食用と朝食用に分け、前者は隼介に託し、後者はブリオッシュ・ア・テットに成形する。リッチな生地は手ごねをすると時間がかかってしまうので、小型のニーダーを用いてミキシングを行った。途中でバターを投入し、一次発酵を経《へ》てパンチ作業まで終えたところで、冷蔵庫に入れる。

「これでよし……っと」

冷蔵庫の扉を閉めた紗良は、ほっと安堵《あんど》の息をついた。気を抜いたのは一瞬で、すぐに表情を引きしめ、次の作業にとりかかる。

(結奈さん、よろこんでくださるといいな)

彼女の笑顔を想像しながら、期待に胸をふくらませていたのだが――

「やっぱり、三輪さんがつくったパンのほうが美味しいかも」

結奈がチェックインした翌朝。紗良が焼いたブリオッシュを食べ終えた彼女は、あっさりとした口調でそう言った。

「別に不味《まず》いってわけじゃないんだけど、三輪さんのそれとくらべたらねー」

「ご期待に添えず申しわけありません……」

未熟な自分を恥じながら、紗良は深々と頭を下げた。理津子のパンの味を知っている彼女には、紗良のパンはお気に召さなかったようだ。

理津子は職人歴三十年以上のベテランで、紗良にとっては師匠と同じ位置に立つ人。そう簡単に肩を並べることなどできないとは思っているが、プロとしてお客に満足してもらえるパンをつくることなら可能だと過信していた。ショックで目の前が暗くなったが、おのれの傲慢《ごうまん》さと至らなさを認めなければ。

「私はブリオッシュにはちょっとうるさいから、ほかの人より理想が高くなっているかもしれないけどね。高瀬さんがつくったものも、悪くはないと思うわよ？　ただ、三輪さんにはかなわないなってことで」

声は愛らしいのに、言っていることは辛辣《しんらつ》だ。理津子に勝ちたいだなんて露《つゆ》ほども思っていないが、いまの自分は彼女の足下にも及ばないのかと思うと、やはり悲しい。

「あの……。三輪さんのブリオッシュは、どのような感じだったのでしょう」

「どのようなって、形は普通よ。頭の部分は高瀬さんのよりもサクサクしていて、下はやわらかくてしっとりとした食感だった」

「そうですか……」

「三輪さん、私がここに来るたびにいろんなバリエーションでつくってくれたの。その中でも一番気に入ったのは、やっぱりオレンジ風味かなー。マーマレードかオレンジジュースか、そんな感じのものが生地に練りこまれていて、すごく美味しかった」

「……」

「まあ、そんなに落ちこまないで？　あくまで私の好みだから」

重たい足どりで厨房《ちゆうぼう》に戻ると、隼介が「どうした」と声をかけてきた。

「顔色が悪いぞ。オーナーの娘に何か言われたのか？」

表情はほとんど変わらないが、こちらを気遣ってくれていることがわかる。大まかな事情を話すと、隼介は「そんなことがあったのか」と眉間にしわを寄せた。

「満足していただけなかったのは、わたしの力不足です。申しわけありません」

「結奈らしくない言い方だな。そんな嫌味な子じゃないはずなんだけど」

近くで話を聞いていた叔父が、不思議そうに首をかしげる。結奈は叔父にとって、大事な親友のひとり娘だ。彼女のことは、ここにいる誰よりも知っている。

「顔を上げろ。責めるつもりはない」

おそるおそる頭を上げると、真剣な面持ちの隼介と目が合った。

「俺も前の職場で働いていたときに、似たようなことを言われた経験がある。ほかの店のほうが美味《うま》いと、それこそ何度も。比較されるほど悔しいことはないが、相手は客だ。どんなに腹が立っても、反論はできない」

「はい」

「オーナーの娘は気に入らなかったかもしれないが、俺は料理長として、高瀬姪のパンが三輪さんよりも劣っているとは思わない。そもそも比較すること自体が無意味なんだ。どちらのパンにも良さがあって、どちらも猫番館にはふさわしいと思っている」

「天宮さん……」

「とはいえ、向上心なくして成長はないからな。自分の力不足を認めて、もっと上をめざしたいと思えるのなら、これからも伸びていけるだろう。少しでも気を抜いたら即座に叩き出すからそのつもりで」

「イエッサー！」

背筋を伸ばした紗良は、訓練兵よろしくびしっと敬礼した。

愛のこもった活《かつ》を入れてもらえたおかげで、沈んでいた気持ちが浮上する。落ちこんでいる暇があるのなら、少しでもパンづくりの腕を磨こう。そのほうがはるかに自分のためになるし、もっと美味しいパンを焼けば、お客もよろこんでくれるはず。

（そうだ。さっき結奈さんが言っていた、オレンジ風味のブリオッシュ……）

もし自分がつくることができたら、結奈は自分のことを見直してくれるだろうか？

「あの、ちょっとおうかがいしたいことが」

理津子と一緒に働いていた隼介と叔父にたずねてみたが、彼らは何も知らなかった。理津子が残してくれたつくり方《ルセット》も調べたものの、オーソドックスなブリオッシュしか載っていない。オレンジ風味は、結奈のために特別につくられたものなのだろう。

スツールに座ってルセットをながめていると、叔父が話しかけてきた。

「そんなに気になるなら、三輪ちゃんに電話してみたらどうだ。前にも連絡したことがあるんだろ？　たしかヒデのときだったか」

「いいんでしょうか。一度ならず二度までも……」

去年の梅雨《つゆ》ごろ、紗良はさくらんぼのデニッシュのつくり方を習うため、理津子の家をたずねた。彼女は嫌な顔ひとつせず紗良を受け入れ、実演しながら丁寧に教えてくれた。そのおかげで、デニッシュを求めた人にも満足してもらえたのだ。

「今回は家に押しかけるまでもないだろ。基本のつくり方はそこに書いてあるんだ。三輪ちゃんにはオレンジ風味の正体を訊《き》くだけなんだから、迷惑にはならんさ」

「そう……ですね。あとでオーナーにお願いしてみます」

それから約二時間後、綾乃の出勤時刻に合わせて、紗良はオーナー室のドアをノックした。応接用のソファに腰かけ、ティーカップを片手に書類を読んでいた彼女に、理津子とふたたび連絡をとりたい旨《むね》を告げる。

「事情はわかったわ。電話をかけてみましょう」

綾乃は快《こころよ》く要望を聞いてくれたが、出かけているのか、自宅の電話がつながらない。

「もう退職された方だし、携帯の番号までは知らないのよ。ごめんなさいね」

「いえ、お手間をとらせてすみません」

「留守電にメッセージを入れておいたから、折り返しが来たら知らせるわ」

「よろしくお願いします」

ここでも収穫を得ることはできず、紗良はオーナー室をあとにした。

結奈の母である綾乃なら、もしかしたら何か知っているかと思ったのだが、彼女もブリオッシュについては初耳だった。

(ほかに可能性のある人は……あっ！)

ぴんときた瞬間、紗良は方向転換してロビーに向かった。コンシェルジュデスクに姿はなく、フロントにいた支配人から「休憩に入りましたよ」と教えられる。

「——要さん！　ちょっとよろしいですか？」

「どうしたの。そんなにあわてて」

休憩室に飛びこむと、要は昼食のつもりなのか、愛飲しているゼリー飲料を手にしていた。もっと栄養をとるよう言いたかったが、まずは例の質問を投げかける。

「オレンジ風味のブリオッシュ？　……そういえば、子どものころに結奈と一緒に食べたことがあるような」

「本当ですか!?」

「俺が小五か小六くらいのころだったかな？　となると結奈は六つか七つか……。さすがに昔すぎて記憶が曖昧《あいまい》なんだけど、オレンジの味がしたことは憶《おぼ》えてる」

要は記憶をたぐるように、あごに手をあて天井を見上げた。

「でも食べたのは一回きりだからなぁ。あ、皮《ピール》の食感はなかったと思う」

「マーマレードには入っていますよね……。ということは、正体はオレンジジュース？」

「ただのジュースじゃなくて、果肉が入っていたかも。あとは……うーん。食べたのはたしか、いまごろの時季だった気がする。俺がわかることはそれくらいかな」

「とても参考になりました。ありがとうございます」

紗良は笑顔でお礼を言った。もう一度ブリオッシュをつくるなら、午後から生地の仕込みに入らなければならない。それまでに理津子から折り返しの連絡が来なかったときは、果肉入りのオレンジジュースで試してみよう。

とりあえずの方針が決まると、紗良は要が持つゼリー飲料に目を向けた。察した彼はわざとらしく背中に隠したが、遅すぎる。

「要さん？」

「いまはお腹がすいていないんだよ。満腹になると眠くなって、仕事の効率が落ちるし」

「よくそれだけで足りますね。わたしだったら一時間もたたずに倒れますよ？」

「紗良さんは意外と食べるよね」

「活力の源は栄養のある食事から……って、わたしのことはどうでもいいでしょう！」

「いや、その、別にこれだけってわけじゃないから。ビタミンもとるし」

迫りくる紗良の追及から逃れようとしたのか、要はテーブルの上に視線をやった。つられてそちらを見た紗良の目に映ったのは、見慣れた果物。

「これは……」

頭の中で何かがひらめき、欠けていたパズルのピースがきれいにはまった。

「ああ、もう！　私ったらどうしてあんなことを……！」

朝食を終えて客室に戻ってきてから、結奈はベッドに突っ伏して悶《もだ》えていた。

『三輪さんがつくったパンのほうが美味しいかも』

（他人とくらべるなんて、我ながら感じ悪！　これじゃただの性悪女じゃない）

手近なクッションを抱きこんだ結奈は、激しい後悔の念にさいなまれながら、ベッドの上でごろごろと転がった。荒れくるう感情を少しでも落ち着けるためには、こうやって発散させるしかないのだ。

（高瀬さんも、私のことを嫌な子だって思ったでしょうね……）

脳裏に浮かんだのは、コックコートに身を包んだ、若いパン職人の姿。

昨日、兄から紗良を紹介されたときは、まず「きれいな人だな」と思った。彫りが深い顔立ちは叔父の誠とよく似ており、手足も長くてすらりとしていた。兄は彼女のことを恋人だとは言わなかったが、ふたり並べばお似合いのカップルだ。

――なんだか私と並んだときよりも、しっくりきているような気がする……。

化粧気はほとんどないのに、紗良は内から不思議な輝きを放っていた。仕事に対する誇りなのか、それとも兄から愛されているという自信なのか。加えて家柄も申し分ないとなれば、向かうところ敵なしだ。

（パン職人としての仕事もしっかりやってるみたいだし……）

お嬢様の気まぐれで職に就き、結婚するまでの腰かけではないかと疑っていたが、どうも違うようだ。喫茶室では紗良が焼いたパンが販売されていたし、オリジナルと思しき「薔薇酵母《ばらこうぼ》のブール」なる商品もあり、人気を博していた。

レビューサイトもいくつか回ってみたが、猫番館の食事の評価は、前のパン職人が辞めてからも落ちてはいない。パンがどれも美味しい、朝食スタッフの接客態度が明るく丁寧という評価も多数あり、それは間違いなく紗良に対する賞賛だった。

『結奈さん、おはようございます。昨夜はよく眠れましたか?』

朝食の時間に再会したとき、紗良は屈託のない笑顔で話しかけてきた。食堂にはほかにも宿泊客がいたのだが、彼女は誰に対しても平等に、礼儀正しく接していた。

(本当は美味しかったのよ。夕食のパンも、今朝のブリオッシュも)

そう感じたのに、口ではまったく逆のことを言っていた。

こんなに魅力的な人に好かれたら、兄はこれまでのように、結奈のことを可愛がってはくれなくなるかもしれない。兄の中で自分の優先順位が下がるのではないかと思うと、無性に悔しくなり、つい意地悪を言ってしまったのだ。

「はあ……情けないったら」

結奈はクッションを抱いたまま、ベッドの上にあおむけになった。

自分も兄も、すでに成人している。子どものころのように、無条件で守ってほしいだなんて、甘ったれた考えだ。一人前の社会人として自立したいのなら、自分自身が騎士となり、困難に立ち向かっていかなければならない。

そして経験を積み、いつかは父の後を継げるような人間になる。それが自分の夢だ。

「……高瀬さんにあやまらないと」

ゆっくりと起き上がった結奈は、客室を出て厨房に向かった。

ドアにつけられた窓から、そっと中をのぞき見る。視線の先ではシェフを筆頭に、部下の料理人や調理助手、そして紗良が忙しそうに動き回っていた。まだ正午にもなっていないので、夕食の準備とは思えない。

(いい匂い……。でも、猫番館で昼食は出してなかったよね)

「結奈?」

ふいに背後から声をかけられ、驚いてふり向く。

そこにはコンシェルジュの制服を身に着けた兄が立っていた。たまに実家に帰ってくるときは私服なので、スーツ姿が新鮮だ。前髪を上げて額《ひたい》を出した顔も、仕事中にかけている眼鏡も、わが兄ながら知的で格好いい。

「何やってるんだ？　つまみ食いはだめだぞ。隼介さんにぶっ飛ばされる」

「違うってば。お兄ちゃんこそどうしたの」

「俺はもうすぐ休憩時間が終わるから、デスクに戻るところ」

言いながら、兄は少しゆるめていたネクタイを締め直した。

「それはそうと、しばらくこのあたりには近づかないほうがいい。もう少したったら外部のお客が入ってくるから」

「え、いつからランチなんてはじめたの？」

「半年くらい前かな。月に何度か、団体客限定でね。けっこう儲《もう》かるんだよ」

兄曰《いわ》く、横浜めぐりのバスツアーで立ち寄るレストランとして猫番館を売りこんだところ、かなりの数の問い合わせが来たそうだ。いまでは月に何度か受け入れて、売り上げに貢献しているらしい。

（そうか。だから準備で忙しいんだ）

もう一度、窓から中をのぞいてみる。よくよく観察すると、紗良はパンをつくっているわけではなく、シェフと料理人のサポートをしているようだった。お客の目から見えない場所でも、彼女はいっさい手を抜かず、小動物のようにせわしなく働いている。

いまはあやまるどころか、声をかけることすらできないだろう。あきらめて出直そうとしたとき、シェフから何かを言いつけられた紗良が、小走りで近づいてきた。

　ガチャリと音を立てて、ドアが開く。外に出た紗良は、目の前に立っていた自分たちの姿に目を丸くした。

「要さんと……結奈さん!?　もしかして厨房にご用ですか？」

「いや。偶然会ったから、ちょっと話していただけ。紗良さんは？」

「天宮さんに頼まれて、地下の倉庫に――」

「高瀬姪！　何をちんたらしている。さっさと行ってこい！」

　厨房の中から、シェフの鋭い声が飛んでくる。すぐに必要なものなのだろう。びくりと肩を震わせた紗良は、「失礼します！」と言って廊下を駆け抜けていった。

(こ、怖い……)

　忙しい時間になると、ホテルやレストランの厨房は戦場と化すと聞いたけれど、猫番館も例外ではなかったようだ。女性でも容赦《ようしゃ》しない、あの鬼軍曹のごときシェフの下で働くなんて、考えただけで胃が縮み上がってしまう。そんな相手と一年近く、同じ職場で仕事をしている紗良は、たしかに貴重な人材だ。

「ここにいると邪魔になるから、退散しよう」

　小さくうなずいた結奈は、兄とともに厨房を離れた。客室に戻るつもりだったが、兄は結奈をロビーにいざない、フロントの近くにあるソファに座らせる。

「ちょっと待ってて」

兄がフロントに向かうと、結奈はソファの背もたれに体をあずけた。コンシェルジュデスクの上にはマダムとマリーが陣取っており、優雅に毛づくろいをし合っている。久しぶりに姉妹で会いたいだろうと思って連れてきたので、嬉しそうでよかった。

ややあって戻ってきた兄は、大きなみかんをひとつ持っていた。「食べる?」と言ってみかんを差し出す。

「このまえ、早乙女《さおとめ》さんの実家から大量に送られてきてね。はやめに食べきらないと」

早乙女は料理人で、シェフの部下だ。たしか彼も寮で暮らしている。

みかんを受けとると、兄は結奈の隣に腰を下ろした。

「仕事はいいの?」

「支配人に頼んで、少しだけ時間をもらった。結奈と話したかったから」

前かがみになった兄は、結奈の表情をうかがうように、顔をのぞきこんできた。

「紗良さんに言いたいことでもあった?」

「えっ」

「さっき、厨房の誰かに用がありそうな感じだったから。隼介さんや早乙女さんとは思えないし、それなら紗良さんかなと」

手にしたみかんを見つめながら、結奈はおそるおそるたずねた。

「お兄ちゃん、高瀬さんからもう聞いてる？　今朝の話……」

「今朝？　いや、特に何も」

意外にも、彼女はまだ話していないようだ。叱責《しっせき》されるとばかり思っていたので拍子抜けしてしまう。さきほど会った紗良も、結奈を見て嫌な顔ひとつしなかったし（それどころではなかったからかもしれないが）、何を考えているのかよくわからない。

いつかは知られることなら、自分から話したほうがいいだろう。

覚悟を決めた結奈は、朝食のとき、紗良に意地悪なことを言ってしまったと告白する。

「ごめんなさい。本心じゃなかったの。あのときはつい悔しくなって」

「悔しい？」

「その……お兄ちゃんをとられることに対する悔しさというか。お兄ちゃんだっていつかは結婚するだろうし、彼女の高瀬さんに嫉妬するなんて子どもみたいだとはわかってるよ？　でも衝動的にそう思っちゃって」

自分と兄は、血のつながりはあるものの、実際は従兄妹《いとこ》同士の関係だ。

兄が本城家の養子になったのは、結奈が一歳のころ。叔母夫婦が事故で亡くなり、残された息子を父が引きとったのだと聞いている。

物心ついたときから、兄は兄としてそこにいた。ケンカなど一度もしたことがない。兄はいつでも結奈を優先してくれたし、こちらが勝手に拗《す》ねたときは、苦笑しつつも機嫌をとって、甘やかしてくれた。けれどいまから思えば、養子という立場に遠慮して、いろいろと我慢していたのかもしれない。

自分にいわゆるブラコンの気があることは承知している。幼い娘が「大きくなったらお父さんのお嫁さんになりたい」と言うように、結奈は「将来はお兄ちゃんと結婚する」と無邪気に思っていた。

たしかに従兄妹であれば法律上、結婚はできる。しかし、さすがに思春期を迎えるころには、同じ家で一緒に育った家族をそういった目で見ることはできなくなった。もちろん家族として慕う気持ちはいまでもあるし、兄のほうも結奈に優しくしてくれるから、いくつになっても甘えてしまう。

(いつまでたっても兄離れできないなんて。お兄ちゃん、あきれちゃったよね……)

「……『彼女』の高瀬さん？」

不思議そうな声に顔を上げると、兄はなぜか首をかしげていた。

「え、だってお兄ちゃん、高瀬さんとつき合ってるんでしょ？　このまえ、うちに遠山のおじさんが来たときに聞いたけど」

「遠山さん……。なるほど、そういうことか」

納得したような表情になった兄は、ひとつ息をついて続けた。

「俺も白状しよう。紗良さんとつき合っているっていうのは嘘《うそ》だよ」

思いもよらない言葉に、結奈は目を白黒させた。

「う、うそ?」

「穏便に縁談を断るために、紗良さんには偽物の彼女になってもらったんだ。紗良さんのほうにも事情があって、利害が一致してね。相手が高瀬家の令嬢なら、遠山さんも引き下がるしかないだろ。角も立たないし、ちょうどよかったんだよ」

なおもぽかんとする結奈に、兄は苦笑しながら続ける。

「遠山さんが家に来たってことは、母さんも知っているのか」

「そうだよ。正式に紹介されるまでは黙って待つって」

「だから何も言ってこなかったんだな。母さんにもあとで事情を話しておくよ」

会話が途切れ、手持ち無沙汰になった結奈は、おもむろにみかんの皮を剝いた。兄もほしがったので、半分に割って分け合う。

「高瀬さんとは嘘だったなら、お兄ちゃん、いまは彼女いないの?」

これまではこの手の話題を避けていたのだが、気になったので訊いてみる。

「いない。最後に別れたのは一年くらい前だったかな」

「私より前じゃない」

「何、結奈、彼氏いたの？」

「留学前に別れたよ。恥ずかしながら、見る目がなくてね。しばらく彼氏はいらないわ」

「奇遇だな。俺も当面は彼女をつくらないって決めているんだ」

意外な言葉だったので、思わず「なんで？」とたずねてしまう。兄なら引く手あまただろうし、その気になれば恋人のひとりくらい、すぐにできるはずなのに。

「偽装だったけど、高瀬さんとは仲がよさそうに見えたよ。お似合いって感じで」

「たしかに気に入ってはいる。でも、それとこれとは話が別でね。俺の気持ちの整理がつかない限り、どうこうなることはないんじゃないかな」

直感で、これ以上は踏みこめないと思った。察した結奈は沈黙する。

「それにしても、俺の知らない間に男がいたとはねー……」

どことなく拗ねているような声音《こわね》に、思わずにやけてしまった。やはり兄のほうも、妹の恋愛事情は気になるのだろうか。

「まだまだ子どもだって思っていたけど、もう大学生だしな。しかたないか」

「お兄ちゃんだって、私が知らない間にいろんな人とつき合ってきたんでしょ」

「さあ、どうだろうね」

余裕の笑みを浮かべた兄は、腕時計に視線を落とした。そろそろ仕事に戻る頃合いなのだろう。立ち上がった兄は、残っていたみかんの房を、口の中に放りこむ。

「……最後にひとつ」

結奈を見下ろした兄は、いつもと同じくにっこり笑った。

「たとえ意地悪なことを言ったとしても、紗良さんは結奈のことを嫌いになったりはしないと思うよ。そういう人だからね」

「え……」

「明日を楽しみに待っているといい。きっと美味しいものが食べられるから」

みかんの香りをまとわせて去っていく兄を、結奈は小首をかしげながら見送った。


そして、翌日の朝。

(結局、タイミングが合わなくてあやまれなかった……)

緊張しながら食堂に行くと、コックコート姿の紗良は昨日とまったく変わらず、さわやかな表情で迎えてくれた。

「おはようございます。いいお天気ですね」

「あ、はい。そうですね……」

「お席にご案内いたします。こちらへどうぞ」

気まずさから居心地の悪さを感じる結奈を、紗良は空いている席へと案内した。

こちらは罪悪感でいっぱいだったが、彼女は気にしていないのだろうか。接客業に従事していればいろいろなタイプのお客と出会うし、世の中には理不尽な人も多い。慣れているのかもしれないが、自分がクレーマーだと思われてしまうのは嫌だ。

時刻は八時。朝の光が差しこむ食堂では、十数人の宿泊客が朝食をとっていた。ゆるやかなテンポのピアノ曲が流れていて、心を落ち着かせてくれる。

「どうぞおかけください」

紗良が慣れた様子で椅子《いす》を引く。リネンのクロスがかけられたテーブルには、繊細なガラスの一輪挿し。真っ白なクロスに映える、あざやかな赤い椿《つばき》が活けられていた。カトラリーやグラス、清潔そうなテーブルナプキンも、美しく設置されている。

厨房からただよってくるのは、ベーコンかソーセージでも焼いているような匂いに、バターをたっぷり使ったオムレツの香り。壁際のテーブルに置かれたオーブントースターからは、リベイクされたパンの香りが広がって、これでもかと嗅覚《きゅうかく》を刺激する。

——今朝はどんなパンがあるのだろう？

グラスの水を一口飲んでから、結奈は静かに立ち上がった。

カゴに入ったパンが置かれているテーブルには、先客がいた。小さな男の子を抱いた父親と、彼らに寄り添う母親だ。結奈が取り皿を手にしたとき、会話が耳に入る。

「わぁ、だるまさんだ！」

「あらほんと。可愛いだるまさんねー」

「ブリオッシュか。言われてみればそんな形だな」

彼らが席に戻っていくと、結奈は籐《とう》製のカゴに目を落とした。

ほどよく焼き色がつき、ぽっこりとした丸い頭が印象的なブリオッシュ。昨日の一件を思い出し、胸の奥に苦い感情が広がっていく。

（あんなこと言われて、高瀬さん、どんな気持ちでこれをつくったのかな）

カゴの前には、パンの名称や原材料などの説明を記したカードがあり、クリップスタンドで固定されていた。何気なく目を通した結奈は、はっと息を飲む。

『オレンジ風味のブリオッシュ』

トングを持つ手が引き寄せられ、気がついたときには取り皿の上に載せていた。

席に戻ると、タイミングを見計らったかのように、紗良が朝食を運んでくる。彼女は結奈がとったブリオッシュを見て、嬉しそうに表情をほころばせた。

「選んでくださってありがとうございます」

「高瀬さん、これ……」

「はい。三輪さんが引き継ぎ用に残したルセットを使って、わたしがつくりました」

顔を上げた結奈と、こちらを見下ろす紗良の目が合う。

「オレンジ風味を生み出しているのは、生地に練りこんだ果肉入りのジュースです。市販されているものではなく、みかんを絞って手づくりしました」

前のパン職人が残したルセットには、基本的なブリオッシュのつくり方しか載っていなかったらしい。そこで彼女に連絡をとってみたがつながらず、タイムリミットを迎えたため、これではないかと推理したみかんを採用したとか。

「三輪さんから折り返しが来たのは夜になってからでしたが、使ったのはみかんで合っていると聞いてほっとしました。三輪さんのご実家は静岡にあって、その年、箱いっぱいのみかんが送られてきたそうです。それを傷《いた》む前にジュースにしたと」

「あ……そういえば」

『ジュースにすれば賞味期限も伸びるでしょう。そのまま飲むもよし、料理やお菓子に使うもよし。だったらパンにも使えるわと思ってね』

思い出した。たしかに昔、彼女はみかんの話をしていた。

「三輪さんには以前、デニッシュのつくり方を教わったことがあるんです。実はそれも今回と同じように、ご実家から送られてきた果物が重要な役割を果たしておりまして。もしやと思ったんですが、勘が当たってよかったです」

胸を撫で下ろした紗良は、すぐに背筋をぴんと伸ばした。

「わたしはパン職人になってから、まだ四年弱しかたっていません。三輪さんのような素晴らしい職人は雲の上の存在で、それでもいつかは同じ位置に立ちたいと思っています」

「………」

彼女の目には、曇《くも》りがない。本心から言っているのだろう。

「今回は自分の力不足を真摯《しんし》に受け止めた上で、ホテル猫番館のパン職人として、結奈さんのお好きなパンでおもてなしをさせていただきたいと考えました。よろしければ、どうぞお召し上がりください」

その言葉に誘われるようにして、結奈はブリオッシュを手にとった。

彼女が手間をかけて、わざわざ自分のためにつくってくれたもの。

（あんなに忙しそうだったのに、こんなことまで）

昨日に見た紗良の姿が思い浮かぶ。戦場のような厨房で動き回っていたが、その表情には充実している人間特有の、生気にあふれた輝きがあった。

ブリオッシュは皮が厚くなるのを防ぐため、高温かつ短時間で焼き上げる。生地がしっとりした仕上がりになれば成功だといわれているが――

上の部分をちぎって口に入れると、濃厚なバターのほかに、さわやかで甘酸っぱいみかんの風味が広がった。噛みしめた生地はカステラのようにふわふわで、適度に水分を含んでいる。ふんだんに使われた卵や牛乳、油脂《ゆし》の味わいもみごとに調和していた。

「い、いかがでしょうか……」

じっくり味わって咀嚼《そしゃく》した結奈は、微笑みながら口を開く。

「すごく美味しい。子どものころに食べたものと、ほとんど変わらないと思う」

「ほ、本当ですか？」

紗良の表情がぱっと明るくなった。表情を引きしめた結奈は、言葉を続ける。

「高瀬さん。昨日はひどいこと言ってごめんなさい。昨日のブリオッシュも美味しかったのに、つい意地悪しちゃって」

頭を下げると、紗良はうろたえながら「顔を上げてください」と言う。

「意地悪だなんて思っていませんよ。わたしは気にしていませんから」

「でも……」

「いいんです。わたしがつくったブリオッシュをお気に召していただけたのなら、もう何も言うことはありません。嬉しくて飛び上がりそう」

幸せそうな表情の紗良を見たとき、彼女は心の底から、パンをつくることが好きなのだと思った。自分の仕事に誇りと情熱を持ち、みずからを高めるための努力を怠《おこた》らない人間は、男女を問わず尊敬に値《あたい》する。

これから社会に出て行く者として、このパン職人《ブーランジェール》の話をいろいろと聞いてみたい。

「高瀬さん。もしよかったら、近いうちに一緒にお茶でも飲みませんか」

「えっ。その、わたしでよろしいんですか？」

「ほかの誰でもない、あなたの話が聞きたいんですよ」

口元に笑みをたたえた結奈は、なつかしいオレンジ風味のブリオッシュを楽しみながらこう思った。

この人になら、大事な兄をとられてもいいかもしれない。

Tea Time

二杯目

皆様は、ホテル猫番館《ねこばんかん》のホームページをご覧になったことはありますか？

当館ではおひとりさまやカップル、ファミリーに女子会など、ニーズに合わせたお得なプランでご予約が可能です。館内や客室の内装、シェフが手がける自慢のお料理、そして専属パン職人とパティシエが生み出すパンやスイーツの数々は、豊富な写真を掲載してわかりやすく解説しております。

さらには季節ごとに行われるイベントの情報や、ホテル自慢の薔薇《ばら》園、西洋館の解説など、見どころは満載。読み終わるころには、きっとあなたは猫番館の魅力にとりつかれているに違いありません。ぜひ目を通してみてください。

ああ、ホームページにはもちろん、看板猫であるこのわたしも登場しておりますとも。薔薇園のみごとな花々に匹敵する美貌《びぼう》と華やかさを併せ持つ者を、どうして無視することなどできましょう。わたしはまぎれもなく、猫番館の「顔」なのですから。

そんなわたしの魅力的な写真を撮るために、カメラを構える男がひとり。

「よしよし。いいよー。可愛《かわい》いよー。マダムもマリーちゃんも最高だ」

わたしと妹をロビーのソファに座らせて、わざとらしい猫なで声を出しながら撮影しているのは、料理人の早乙女《さおとめ》さんです。サイトに掲載されている写真は基本的に、下僕の要《かなめ》が撮ったものなのですが、今回は彼がみずから志願しました。

『ほらこれ！　買ったばかりのスマホ！　カメラの性能がすごく高いらしいんだ。これでマダムを撮ってみてもいいかなぁ』

子どものように目を輝かせて頼まれたら、断ることなどできません。

ちょうどそのころ、妹のマリーが結奈《ゆいな》さんと一緒に遊びに来ることが決まったので、姉妹で記念撮影をすることになったのです。

『お姉様。あの方、とても楽しそうですわねえ』

隣でポーズをとりながら、マリーがおっとりとした口調で言いました。一年半ぶりに再会した妹は、あいかわらずわたしとよく似ています。目の色が違わなかったら、人間には見分けがつかないかもしれません。

『大丈夫？　疲れているならちゃんと言いなさいね』

姉として、妹を心配するのは当然のこと。マリーはふわりと微笑《ほほえ》みました。

『お気遣いありがとうございます。私はむしろ興奮しておりますの。お姉様と一緒に写真を撮ってもらえるなんて、久しぶりのことでしょう？　だから嬉《うれ》しくて』

なんて可愛いことを！　いじらしい言葉に、姉心が大いにくすぐられます。

『ねえマリー。撮影が終わったら、どこかあたたかい場所でゆっくりお話ししない？　明日には帰ってしまうんだもの。時間は有効に使わなきゃ』

『ええ、私もお姉様のお話を聞きたいわ』

早乙女さんの指示に従って小首をかしげながら、マリーは言葉を続けます。

『本城《ほんじょう》の家も広いけれど、ここはその何倍くらいあるのかしら。いつ見ても素敵な洋館ですこと。ホテルとなればやはり、いろいろな人間がおとずれるのでしょうね』

『そうね。わたしは人が好きだし、おもてなしの仕事も楽しくやっているわよ』

『さすがはお姉様。私にはとてもできそうにないわ』

メインクーンは基本的におだやかで、人なつこい性格だといわれています。もちろんすべての猫がそうだとは限りませんし、マリーのようにおとなしくて引っ込み思案の子も少なくありません。

わたしとマリーはとあるブリーダーの家で生まれ、乳離れしてから本城家に引きとられました。そして一歳になるまでは、姉妹でともに暮らしたのです。

猫番館にも一緒に移り住んだのですが、マリーは水が合わなかったので、しばらくして妹だけ本城家に戻りました。離れ離れになったのはさびしかったものの、ここにはわたしを可愛がってくれる下僕を筆頭に、数多くの人がいます。マリーもこうして遊びに来てくれますし、不満などあるはずがありません。

やがて撮影が終わり、早乙女さんが満足そうに笑いました。

「うん、どれもよく撮れてる。本城くんからコツを教わった甲斐《かい》があったな」

画像を確認した彼は、わたしたちの隣に腰を下ろしました。ローテーブルの上に手を伸ばし、大ぶりのみかんをつかみます。少し前、彼のお祖母様《ばあ》からどっさり送られてきたものですが、おそらく最後の一個でしょう。

寮の住人が協力して消化にはげんでいたので、傷《いた》む前に食べきれそうです。リビングにただよう柑橘臭《かんきつ》には辟易《へきえき》していたのですが、これで最後なのだと思うと、不思議と名残惜しさを感じてしまいます。

「来年はもう少し減らしてくれって、ばあちゃんに言っておこう」

『!?』

どうやらわたしは、来年もこの柑橘臭から逃れられないようです……。

三泊目

シンデレラではないけれど

ホテル猫番館《ねこばんかん》のオーナー、本城綾乃《ほんじょうあやの》の一日は、丁寧に淹《い》れた紅茶からはじまる。

目覚めの一杯は、頭をすっきりさせるため、味と香りがしっかりしたもの。アッサムにダージリン、セイロンやケニアなどの茶葉が使われた「イングリッシュ・ブレックファスト」は、伝統的なブレンドティーの代表だ。深みとコクを楽しめる味わいで、ミルクを入れても美味《おい》しくいただける。

キッチンでお湯を沸かした綾乃は、あたためておいたガラス製のティーポットに、ケトルで熱湯をそそいでいく。酸素が含まれた汲《く》みたての水を使い、勢いよくお湯をそそぐことにより、茶葉が開いて紅茶の成分が抽出される。このジャンピングがうまく行けば味や香り、そして色も、最適な状態を引き出すことができるのだ。

(よく動いているわね)

ポットの中で上下する茶葉を見て、綾乃は会心の笑みを浮かべた。ティーコジーをかぶせて蒸らしてから、軽く中身をかき混ぜる。最初の一杯はストレートで飲むことにしているので、愛用している野イチゴ柄のカップに紅茶をそそいだ。

仕上げにグラニュー糖を入れて味をととのえてから、綾乃はダイニングの椅子《いす》に腰を下ろした。立ちのぼる香りを楽しみながら、カップに口をつける。手間はかかるが、黄金律をきちんと守って淹れた紅茶の、なんと美味なことか。

「ふう……」

　感嘆の息をついた綾乃は、カップをソーサーの上に置いた。視界の端では、飼い猫のマリーがキャットフードを食べている。彼女は食の好みにうるさく、気に入ったフードでなければ見向きもしない。美食家なところは姉のマダムとよく似ていた。

　自分だけの時間を楽しんでいると、廊下のほうから気配が近づいてきた。ドアを開けて入ってきたのは、ワンピース風の寝間着を身にまとった娘の結奈《ゆいな》だ。

「おはよー」

「おはよう。今日はいつもよりはやいのね。出かけるの？」

「うん、ちょっと大学のキャリアセンターに。ついでに図書館にも寄って来る」

「わかったわ。朝ご飯は？」

「食べるー」

「それじゃ、先に顔を洗ってらっしゃい。着替えもね」

　まだ眠いのか、結奈はひとつあくびをしてから、洗面所のほうに歩いていく。

　アメリカに留学していた娘が帰ってきたのは、先月のこと。夫の宗一郎《そういちろう》は仕事柄、海外への長期出張が多く、一年の半分ほどしか日本にいない。息子の要《かなめ》はとうに家を出ているため、この家で家族四人がそろうことはめったになかった。

（結奈も大学を卒業したら、ひとり暮らしをするかもしれないわね……）

さびしくはあったが、それが大人になるということ。本音はいつまでも手元に置いておきたいけれど、子どもの自立をうながし、笑って送り出すのが親のつとめだ。

食料品の買い出しや調理はハウスキーパーの女性に依頼しており、冷蔵庫や冷凍庫の中には、彼女がつくり置きしてくれた料理の容器が入っている。その腕には絶大な信頼を置いているのだが、朝食に関しては、できる限り自分でつくることにしていた。

今日は時間に余裕があるため、綾乃ははりきって朝食の支度をはじめる。

メニューは洋食一択だ。和食はつくり慣れていないし、そもそもあまり好きではない。

（卵は必須。あとはベーコンか何かがあれば、とりあえず形になるわよね）

綾乃はまず、卵料理にとりかかった。凝《こ》ったものはつくれないので、オーソドックスなスクランブルエッグにする。水切りヨーグルト、もしくは市販の無糖を入れるのがおすすめだと、料理長の隼介《しゅんすけ》から聞いていたため、この機に実践してみた。

「あら！　すごいわ。ほんとにふわふわ」

冷蔵庫にはハーブ入りのソーセージがあったのでそれを焼き、つくり置きのマッシュポテトを添えてワンプレートに。昨日に買ったパンをトースターであたため直し、新しく紅茶を淹れたところで、身支度を終えた結奈が戻ってくる。

「わ、めずらしく豪華!」

「いつもはシリアルと果物で済ませちゃうものねえ」

「たまにはたっぷり食べるのもいいよね。猫番館に泊まったときみたいに」

「スープも飲む?　即席だけれど」

「あ、私がやるよ。お母さんもいるでしょ?」

スープの用意ができると、綾乃と結奈は向かい合って食卓についた。「いただきます」と言って食事をはじめる。

「あれ、マーマレードなんてうちにあったっけ?」

「誠《まこと》さんの手づくりよ。いただきもののみかんが余っていたから、傷《いた》まないうちに皮ごと煮詰めてジャムにしたんですって。少しお裾《すそ》分けしてもらったの」

「いろいろ使われてるんだね、そのみかん……。どれだけ大量だったのよ」

肩をすくめた結奈が、こんがりと焼き色のついたフランスパンに手を伸ばす。

「それ、紗良《さら》さんが焼いたパンなのよ。薔薇酵母《ばらこうぼ》のブール」

「え、そうなんだ」

「先月から販売をはじめた新商品で、けっこう売れ行きがいいのよ。ひとつ取り置きしてもらって、買ってきたの」

丸型のブールはバゲットと同じようにスライスし、バターやジャムをつけて食する。ボリュームがあるため、中をくり抜いてシチューなどを詰めても美味しいそうだ。

紗良は「オーナーからお金はいただけません」と言っていたが、自分がほしいと思った商品に、相応の代金を支払うのはあたりまえのこと。綾乃はオーナーとしてではなく、個人の立場で彼女のパンを購入したのだ。

「薔薇酵母かぁ。どれどれ……」

鼻先にブールを近づけた結奈は、その香りを嗅《か》いでみる。

「ほんのりと……フルーティーな感じがするかな?」

「果物のジャムと合いますよって、紗良さんが言っていたわね。一緒に薔薇のジャムも販売しようかという話も出たのだけれど、残念ながら却下になったのよ。手づくりだとコストはもちろん、時間も手間もかかるしね」

「アフタヌーンティーで使ってなかった?」

「あれは市販よ。香りが強めだから、苦手な人もいるでしょうね」

「前に友だちがカフェで薔薇のジャムを試したら、香水を食べてるみたいだって言ってたなー。私は好きなんだけど」

何気ない話をしながら、綾乃は手にしたブールにみかんジャムを塗った。

一口かじった瞬間、外側の皮がパリッと音を立てる。卵やバターが入っていないこともあり、味や食感は素朴だが、それゆえスプレッドとの相性がよい。クラムと呼ばれる白い部分はやわらかく、ほのかな苦味のある甘酸《あまず》っぱいジャムとも合っている。じっくり噛《か》みしめると、小麦の香ばしさをより強く感じられた。

(やっぱり紗良ちゃんのパンは美味しいわ)

幸福感にひたっていると、ソーセージにフォークを突き刺した結奈が話しかけてくる。

「高瀬さんといえば。お母さんはもう知ってる？　お兄ちゃんとのこと」

「ああ……。本当は恋人同士じゃなかったんですってね。要から聞いたわ」

数日前、結奈はマリーを連れて猫番館に宿泊した。マダムと会わせるためだったが、もうひとつの目的は、兄の相手を品定めすることだったそうだ。結奈は子どものころからお兄ちゃん子だったので、その話を聞いたときは娘らしいなと苦笑した。

大好きな兄をとられたことが悔しくて、紗良には少し意地悪なことを言ってしまったようだが、彼女は笑って許してくれたという。それに加えて、パン職人として働く紗良の仕事ぶりを見たことで、彼女に対する気持ちは変わったはずだ。

それなのに――

「フリだったなんて残念だわ……」

綾乃は落胆のため息をついた。

「縁談を断るためだったっていう事情は、よーくわかるのよ。そうでも言わないと断りにくい方だもの。紗良ちゃんのほうも家柄が家柄だし、なんらかの理由で要を隠れ蓑《みの》にする必要があったんでしょう。それはわかるのだけれど」

「けれど？」

「私としては、要と紗良ちゃんが一緒になるのは大歓迎よ。だから恋人同士じゃなかったことが残念で……。あの子の人柄をよく知っているからこそ、確信しているの」

顔を上げた綾乃は、真剣な面持ちで断言する。

「紗良ちゃんが義理の娘になってくれたら、不毛な嫁姑《よめしゅうとめ》戦争は絶対に起こらない」

「あー……そっか。お母さん、若いころは本城のおばあちゃんにさんざんいびられたって言ってたもんね」

苦笑いをする結奈に、綾乃は「逆らえる立場じゃなかったしねえ」と遠い目で言う。

綾乃が夫と結婚したのは、二十三年前のこと。当時の自分は二十一で、いまの結奈と同じ歳《とし》だった。夫は八つ上だから、それなりに歳の差がある。

「大学も出ていない小娘のくせにとか、財産目当てで宗一郎さんをたぶらかしたんだろうとか、手切れ金をやるから身を引けとか。お義母《かあ》様と顔を合わせるたびに、それはもういろいろなことを言われたわよ。いつも宗一郎さんがいないところで」

「うわぁ……」

「これが同居だったら、確実にノイローゼになっていたわよ」

「改めて聞くと、わが祖母ながらきっつい人だね。鬼姑って奴？」

結奈の口調はあっけらかんとしていた。娘は父方の祖母とほとんど会ったことがないので、さほど情が湧く相手ではないのだろう。

「そもそも向こうのご両親には、結婚自体を反対されていたのよ。宗一郎さんは向こうが何を言っても無視して、さっさと婚姻届を出しちゃったけれど」

「お父さん、意外と情熱的！　保証人は誰だったの？　ふたり分必要なんだよね？」

「保証人は私の父と、誠さんよ。誠さんは当時フランスに住んでいたのだけれど、そのときは一時帰国していてね。宗一郎さんが頼んだんですって」

「へえ、それは初耳。友だちでもいいんだ」

義母との関係に決定的な亀裂が入ったのは、要を引きとると決めたときだ。

要の実母は、義父が外でつくった愛人の子どもだった。義母にとっての要は、血のつながりなど一滴もない、愛人の孫。正妻のプライドで存在を認めてはいたが、さすがに手元で養育する気にはなれなかったようで、引きとりを拒絶した。

夫はもともと父親のことを嫌っていたせいか、母親違いの妹がいると知っても、心を動かされることはなかったという。憎しみなどの負の感情も湧かなかったらしい。

それでも妹夫婦が亡くなったときは不憫《ふびん》に思い、残された幼い要を、夫は自分の子として育てることを決めた。綾乃は最終的には了承したが、当初はもちろん戸惑った。結奈もまだ小さいのに、血縁関係でもない男の子の養い親になどなれるのかと。

何日も話し合いを続ける中、夫が発した言葉で印象的だったものがある。

『妹夫婦は亡くなるまで、要を可愛《かわい》がっていたと聞いている。だからこれからも、親の愛情を受けながら育っていってほしいんだ。僕と同じような思いはさせたくない』

裕福な家に生まれ、両親がそろっていても、幸福になれるとは限らない。

冷え切った家庭で育った夫は、親の愛に飢《う》えていた。綾乃の実家に結婚の挨拶《あいさつ》に行ったとき、それがよくわかった。夫は平凡だが夫婦仲のよい両親を、子どものような無垢《むく》な目で、うらやましげに見つめていたのだ。

『僕は、綾乃のご両親のような親になりたいと思う』

ほかの親戚にまかせることも、施設にあずけることもしたくない。そんな夫の気持ちを汲みとって、綾乃は要の養母になることを決意したのだ。

『あんな子どもを引きとるなんて！　宗一郎さん、あなたどうかしているわ！』

息子に裏切られたとでも思ったのだろう。義母は烈火のごとく怒ったが、夫は意に介さなかった。それをきっかけに義両親との交流はなくなり、十年ほど前に義父が亡くなってからは、義母とも顔を合わせていない。

要を養子として迎え入れてから、早二十年。成長した彼は家を出て、いまは猫番館で生き生きと働いている。

自分たちのことを父母と慕い、結奈とは兄妹として良好な関係を保っている。家族を大事にする子に育ってくれたのは嬉《うれ》しく思うし、いつか誰かと新しい家庭を築く日が来るのなら、これほどよろこばしいことはない。

(その相手が紗良ちゃんだったら、諸手《もろて》を挙げて歓迎するのに)

そうは思うが、もちろん息子に自分の意見を押しつけるようなことはしない。

要がどんな女性を連れて来ても、笑顔で迎えるつもりではある。親に紹介したいと思うほどの相手なら、きっと素敵な人だろう。

「とはいえ、嘘《うそ》が真実になることもあるわよね。いまはなんとも思っていなくても、同じホテルで働いていれば、新しい感情が芽生えるかも」

「うーん……どうかなぁ？　お兄ちゃん、ああ見えていろいろ複雑みたいだし……」

首をかしげた結奈は、壁掛け時計に目をやり「あっ」と声をあげる。

つられて視線を向けると、いつの間にか八時半を過ぎていた。話に夢中になっているうちに、思っていた以上の時間が流れていたようだ。

「十時から個別相談の予約とってるんだよ。急がなきゃ」

「私もそろそろ出かける支度をしないと」

話を切り上げた綾乃と結奈は、それまでの優雅なひとときとは打って変わって、あわただしく動きはじめた。


自宅から猫番館までは、愛車のコンパクトカーで通勤している。

三年前に手に入れたこの車は、夫に買ってもらったものではない。猫番館のオーナーとして働く綾乃は、ほかのスタッフと同じく一定額の給料をもらっている。そのお金を貯めて、自分名義で購入したのだ。

夫は不自由のない生活を保障してくれるし、望むものはなんでも買ってくれる。しかし働くようになってからは、個人的にほしいと思ったら、自分の給料を使って購入することにしていた。結婚すれば共有財産になるとはいえ、やはり自分で稼いだお金の中から出すほうが気楽だし、満足度が高くなるのだ。より愛着も湧くというもの。

（この車も結奈と共用できればと思って、可愛い色にしたのだけれど……。あの子、卒業までに免許とる気があるのかしら）

山手《やまて》本通りからはずれ、横道を進んでいくと、ロートアイアン製の瀟洒《しょうしゃ》な柵に囲まれた猫番館に到着した。柵の向こう側には、目隠し用の白樫《しらかし》がずらりと植えられており、その奥にホテルや従業員寮といった西洋館が建っている。

正門は宿泊客用の出入り口なので、綾乃はいつも通り裏に回った。

敷地の隅《すみ》にある従業員向けの駐車場には、送迎に使う社用車や、支配人の愛車である赤いバイクが存在感を放っている。自転車はなかったが、夕方にはバイトの大学生が、ヒーヒー言いながら坂をのぼってくることだろう。

車を降りると、外は凍《こご》えるような寒さだった。夜半に雪が降るという予報だったが、この気温だと現実になりそうだ。

（いつもの野良《のら》ちゃんたちはいないわね）

冬は野良猫も大変だ。あたたかい避難場所を見つけていればいいのだけれど。

裏口からホテルに入った綾乃は、小雨《こさめ》で少し濡れたコートをハンカチで拭いた。すぐそばには従業員用の更衣室があり、隣には休憩室がある。このあたりはスタッフ以外の立ち入りを禁じているため、宿泊客の姿はない。

そしてその先に位置しているのが、食堂や喫茶室とつながっている厨房《ちゅうぼう》だ。時間的には朝食の片づけを終え、ほっとひと息ついているころだろうか。

小窓から厨房の中をのぞいた綾乃は、ぱちくりと瞬《またた》いた。

調理台を囲んで集まっているのは、コックコート姿の隼介と紗良、そして誠の三人だ。腕組みをした隼介は仏頂面《ぶっちょうづら》で、紗良はうつむき、誠は困ったような表情をしている。気になった綾乃は、思わずドアを開けて声をかけた。

「ちょっと、何かあったの?」

「あ、オーナー。おはようございます」

こちらに顔を向けた紗良が、小走りで近づいてきた。

「実はこのまえから、スパイラルミキサーの調子があまりよくないんです」

「スパイラルミキサー?」

「主にフランスパンの生地をつくるために使っているんですけど……」

紗良は宿泊客用の食事に加え、喫茶室で販売するパンも焼いている。作業時間の短縮のため、ミキシングは基本的に機械で行っているそうだ。師匠から受け継いだ黒糖くるみあんパンだけは、手ごねでつくっているらしい。

「修理で直ればいいんですけど、もしかしたら買い替えになるかもしれなくて」

調理台の上には、一台の小型ミキサーが置いてある。あれがそうなのだろう。

業務用の厨房機器はどれも高価で、一台で数百万円するものも少なくない。ミキサーならそこまで高くはないだろうが、紗良は「申しわけありません」とうなだれる。

「そんなに古いものではないので、わたしの使い方が悪かったんだと思います」

館内で使われている機材や備品については、各部署に設定された予算内であれば自由に購入できる。ただし一定の金額を超える場合は、最高責任者である綾乃と相談し、許可が下りれば買えるようになっているのだ。

高価な機材や食材を扱い、衛生対策も徹底させる必要がある厨房は、ほかの部署よりもはるかに予算が多い。そして機械はいずれ必ず壊れるもの。綾乃は「そんなに落ちこまないで」と言って微笑《ほほえ》んだ。

「紗良ちゃんは一生懸命パンをつくっていただけでしょう？　あなたのせいだなんて思わないわよ」

「オーナー……」

「とりあえず業者に連絡して、修理ができるか訊《き》いてみてちょうだい。それで買い替えになるようだったら、新品を購入しましょう」

「わかりました。至急、問い合わせてみます」

紗良は安堵《あんど》したのか、口元をゆるめた。

「でも、それまでフランスパンはどうするの？　あのミキサーで生地をつくるのよね？」

「ほかのミキサーでもできますから、当面はそれで代用しようかと」

「ならよかった。――――そうだわ。せっかくだし、パンづくりに必要なもので何かほしい機材があったら言ってごらんなさい。ものによっては検討するわよ」

「えっ！　いえその、いまの設備でじゅうぶんですから」

驚いた紗良が両手をふると、奥から誠のからかうような声が飛んできた。

「そういやおまえ、いつかは石窯《いしがま》でパンを焼いてみたいなーとか言ってたよなぁ」

「叔父さま、余計な口を挟まないでくださぃ」

彼女は誠をねめつけたが、その程度でおとなしくなるような相手ではない。

「石窯か……。たしかに素敵だけれど、ここに設置するのはむずかしいわねぇ」

「ですよね……。スペースの問題もありますし、わたしの技術も足りなさすぎて、うまく使いこなせる気がしません」

遠い目をして笑った紗良は、すぐに表情を切り替えた。

「いまは現実を見据えて、自分ができることをしっかりやっていこうと思います」

（あいかわらず前向きな子だわ）

厨房をあとにした綾乃は、廊下を歩きながら口角を上げた。ひねくれ者の誠と血がつながっているとは思えないほど、素直で可愛い。加えて頑張り屋だし、これではますます要の相手になってくれたらと望んでしまうではないか。

（もどかしくはあるけれど、いまは静かに見守りましょう）

オーナー室は一階で、事務室の隣にある。先に事務室に寄って挨拶すると、事務員の女性から数枚の書類を受けとった。

「まずは取材の依頼書です。メールをプリントアウトしておきましたので」

「タウン情報誌と旅行サイト……あら、ケーブルテレビまで」

「今日は二時から面接の予定が一件入っています。客室係を志望されている方で、こちらが郵送されてきた履歴書と送付状です。三月の貸し切りパーティーにつきましては、担当の支配人が企画内容をまとめてくださいました」

「いつも助かるわ。ありがとう泉《いずみ》さん」

「恐れ入ります」

いつもクールで有能な彼女は、事務と経理にとどまらず、綾乃のスケジュールまで管理してくれる。秘書がいない身としては、とてもありがたい存在だ。

事務室を出た綾乃は、オーナー室の鍵を開けて中に入った。

室内に置かれているのは、重厚感のあるマホガニーの執務机に、応接用のソファとテーブル。そして資料や本が入っている棚と、英国アンティークの食器棚だ。

ガラスの扉がついた食器棚の中には、これまで夫と一緒に集めた茶器のコレクションが飾られている。綾乃が今朝、自宅で飲んだ紅茶のカップは、その中でも特別な宝物。新婚旅行で英国に行ったとき、ロンドンで購入したペアカップだ。それ以降、夫は海外に出張すると、綾乃が好きそうな茶器をお土産《みやげ》として買ってきてくれる。

ながめているだけでも幸せだったが、茶器はやはり使ってこそ真価が出るもの。猫番館では喫茶室のテラスでアフタヌーンティーをやっているので、コレクションを使ってもらうことにした。

(女性のお客様には好評だし、カップも日の目を見られてよかったわ)

綾乃は椅子に腰を下ろし、事務室で受けとった書類に目を通しはじめる。

オーナーとして行う大事な仕事のひとつは、定期的に上がってくる売り上げと経費を鑑《かんが》みて、毎年の予算を立てること。もちろん素人《しろうと》が簡単にできることではなく、いままでも専門の経営コンサルタントと相談しながら決めている。

ほかには人事や宣伝活動などが主な仕事だ。スタッフの仕事ぶりにも目を配り、いざとなれば最高責任者として対応するのも、自分に課せられた役目である。

ホテル猫番館が創業した当時、綾乃はふたりの子どもを育てる専業主婦で、働いてもいなかった。オーナーとは名ばかりで、経営はほとんど夫が行っていた。

しかし時がたつにつれ、夫は本業が忙しくなっていく。義父が亡くなり会社を継いでからは、さらに多忙となって、猫番館まで手が回らなくなってしまったのだ。経営は支配人の岡島《おかじま》にまかせることになったが、彼はあくまで代行に過ぎない。

――こんなときに何もできない、無力な自分に腹が立つ。

――いつまでも、お飾りのオーナーのままではだめなのだ。

一念発起した綾乃は、本格的に経営の勉強をはじめた。

それから十年近くが経過した現在、自分はなんとかひとり立ちして、仕事をこなせるようになった。思い通りに行かないことも多々あるが、気のいいスタッフたちと一緒に宿泊客をおもてなしする毎日は、とても楽しく充実している。

（これから春になるにつれて、イベントも増えていくわね。気合いを入れないと）

パソコンの画面とにらめっこをしながら、ビジネスメールの文章を考えていたとき、出入り口のドアがノックされた。封筒や葉書の束を手にした支配人が入ってくる。

「お忙しいところ失礼いたします。オーナー宛ての郵便物をお持ちしました」

「ありがとうございます」

（落ち着いたロマンスグレーの紳士にしか見えないのに、あんなにゴツいバイクを乗り回しているなんて。もしかして昔はヤンチャだったのかしら）

「どうかされましたか？」

「い、いえ。何も」

笑顔でごまかすと、支配人がふたたび話しかけてくる。

「ああそうだ。実は今夜、高瀬さん……叔父さんのほうですね。彼と飲みに行く予定なのですが、よろしければオーナーもご一緒にいかがでしょう。山下《やました》公園の近くで美味しい創作居酒屋を見つけましてね。ワインの品ぞろえも豊富で」

「あら、いいですね。でも今夜は、姉と夕食をとる約束をしているんです」

「お姉様ですか」

「連絡はとり合っていたんですが、会うのは二、三年ぶりかしら。そんなに遠くに住んでいるわけでもないのに、なかなか機会がなかったんですよ。お互いに家庭もあるし」

「大人になればそんなものでしょう。結婚しているのでしたら、自分の家庭を優先するのはあたりまえのことです。疎遠になってしまうこともめずらしくはありません」

「それもさびしいですねえ……」

支配人が退室すると、スマホにメッセージが届いた。噂《うわさ》をすればなんとやら。

〈残業することになっちゃったから、三十分くらい遅れます〉

〈先にお店に入って待っててくれる？　ごめんね！〉

両手を合わせるキャラクターのスタンプを見て、思わず笑ってしまう。綾乃はすぐに返信を打った。

〈気にしないで。久しぶりに会えるのを楽しみにしています〉


「立花《たちばな》さん、お待たせしてすみません。上がってください」

「お疲れさまでした」

交代のスタッフと入れ替わりにレジを出た真弓《まゆみ》は、脇目もふらずにバックヤードをめざした。しかしそんなときに限って、お客に声をかけられる。

「ねえおばちゃん、湿布《しっぷ》どこ？」

（おば……）

自分が若いとは思っていないが、明らかに年上――しかもひとまわり以上――の男性から呼びかけられると、やはりむっとしてしまう。それでも相手はお客なので、真弓は営業用の笑みを浮かべて応対した。

「湿布ですね。こちらです」

少し離れた棚まで案内すると、今度は近くに立っていた女性客に話しかけられる。

「すみません、ちょっとお聞きしたいんですけど……」

「はい、なんでしょう?」

真弓は内心の焦りを押し隠し、笑顔で接客を続けた。

ひとり息子が小学校に上がったことをきっかけに、家の近所にあるドラッグストアでパートをはじめてから、早十二年。いまでは立派なベテランパートだ。

夫の会社は不況のあおりで業績不振が続いており、年収が大幅に下がってしまった。そんな中で息子が先日、都内の私立大学に合格した。家から通える距離なので仕送りは不要だが、卒業するまでは夫と力を合わせ、学費を稼がなければならない。

少しでも時給をアップさせるため、五年目には登録販売者の資格もとった。できることなら正社員として働きたい。しかしパートからの昇格はほとんどなく、四十七歳という年齢を考えると、ほかの会社で雇ってもらうこともむずかしいだろう。

「わかりました。じゃあこっちにします」

女性客への説明が終わると、真弓は今度こそとバックヤードに向かった。隅にある関係者以外立ち入り禁止のドアを開けて、ロッカールームに入る。

（ああ、もうこんな時間。これだと三十分以上の遅刻になりそう）

バッグの中からスマホを出した真弓は、妹の綾乃にふたたびメッセージを送った。

待ち合わせは横浜《よこはま》駅に十八時だったのだが、すでに十七時半を過ぎている。ここから最寄りの町田《まちだ》駅までは、徒歩十分。そこから横浜線で三十分ほどといったところか。どう考えても間に合わないので、妹には予約した店で待っていてもらうことにした。

真弓は急いでユニフォームを脱ぐと、丸めてエコバッグの中に押しこんだ。今日はバタバタしていたので、汗で汚れている。洗濯は各自で行っているため持ち帰るのだ。

（ひー！　化粧も崩れまくり）

悠長に直している時間はなかったが、この顔で電車に乗るのは恥ずかしい。

真弓は素早く着替えを済ませ、色あせた化粧ポーチをとり出した。ティッシュで顔の脂《あぶら》をとり、プレストパウダーを軽めにつける。仕上げに口紅を塗ってから、荷物を手にして店を出た。空はすでに真っ暗で、真冬の寒さが身に染みる。

――横浜まで行くのは久しぶりだ。

現在は配偶者控除からはずれ、フルタイムで働いている。仕事がある日は自宅と職場、そしてスーパーの往復しかしていない。休日は溜まった家事を片づけたり、疲れをとるためにひたすら眠っていたりするので、遠出をする余裕がないのだ。

食事の誘いをかけてきたのは、妹のほうだった。息子の合格祝いが届いたのでお礼の電話をすると、せっかくだから久々に会おうかという話になったのだ。本当は休日にランチをしたかったのだが、お互いの都合が合わなかった。

（うっ……ひどい顔）

電車のドア付近に立っていると、窓に映っている自分の顔が見えてしまう。化粧直しをしたにもかかわらず、妙に疲れているように見えるし、法令線も目立つ。一日働いていたのだから、しかたがないとは思ったが、やはりショックだ。

横浜駅に到着すると、早足で店に向かった。綾乃が予約してくれたのは、駅からほど近い商業ビルの地下にある、隠れ家的なスペインバル。ネットで調べてみたところ、小洒落《こじゃれ》た雰囲気ではあるが、お値段は思いのほかリーズナブルだった。

「えーと、本城の名前で予約しているはずなんですけど」

「はい、承《うけたまわ》っております。お待ちしておりました」

案内されたのは、奥にある個室だった。文庫本を読んでいた綾乃が、気配を察して顔を上げる。真弓と目が合った瞬間、彼女は嬉しそうに声をはずませた。

「まゆちゃん！　お久しぶり」

「遅れてごめんね。待ったでしょ」

「ううん。新刊を読んでいたから気にならなかったわ」

文庫本にはワインレッドのカバーがかかっている。小さなかたつむりのマークが入ったそれは、横浜創業の書店で使われているものだ。町田にも支店があるのでたまに行く。

「さっきダイヤモンドにある本屋さんで買ったのよ」

「ふうん。でもあの地下街、名称変わってなかったっけ」

「ずっとそう呼んでいたから、つい昔のままで呼んじゃうのよね」

綾乃の向かいに座った真弓は、文庫本をバッグにしまう妹を見つめた。

「それにしても、あいかわらず本好きなのねー」

「最近は忙しくて、ゆっくり本を読む時間がとれないのが残念なの」

読書が趣味の綾乃は、特に海外文学を好んで読む。本当は大学に入って英文学を研究したかったようだが、事業に失敗した両親に、進学費用を捻出する財力はなかった。そのため真弓ともども、高校を出た時点で就職したのだ。

本にかかわる仕事がしたいと、綾乃は小さな印刷会社で働いていた。休日にはお気に入りのブックカフェで、のんびり読書をするのがささやかな楽しみだったらしい。そんな地味でおとなしかった文学少女が、いまでは社長夫人かつ洋館ホテルのオーナーをやっているのだから、世の中わからないものである。

現在の夫である宗一郎とは、ブックカフェで出会ったそうだ。彼も仕事の合間にその店に通っており、綾乃と意気投合したらしい。ごく普通の会社員だと思っていた恋人が、実は御曹司《おんぞうし》だったのだから、さぞかし驚いたことだろう。真弓も話を聞いたときは、どこの少女漫画だと思ったくらいだ。

相手の両親に結婚を反対されたことや、義母から冷たく当たられたということも、ある意味ドラマチックだ。本人は苦労したのだろうが……。

（まさにシンデレラストーリーだわ）

きれいに化粧をほどこし、控えめだが質のよさそうな服を着た綾乃は、どこから見ても上品なマダムだ。昔はよく似た姉妹だと言われたが、いまの自分との格差ときたら。

顔立ちこそ似ているが、老け具合は明らかに真弓のほうがひどい。年齢差は三つしかないけれど、見た目はそれ以上に離れているだろう。これは自分が面倒くさがって、普段のお手入れを怠《おこた》っていたから自業自得だ。

体形もまた然《しか》り。息子を産んでから太ってしまった真弓に対して、綾乃はほっそりとしたスタイルを保っている。いつも美しく装い、娘を海外留学に行かせることもできる妹に対して、自分はいまから息子の学費におびえている。

同じ親から生まれたというのに、姉妹でこれだけの差が生まれてしまうとは。

――ああそうか。だからここしばらく、妹と会う気になれなかったのだ。

綾乃は自分を慕ってくれるし、これみよがしに裕福な生活をひけらかすようなことはしない。それでも本人を見ていれば、なんの不自由もなく夫に愛され、幸せに暮らしていることが伝わってくる。妹は何も悪くないし、可愛く思っている相手だからこそ、醜《みにく》く嫉妬《しっと》してしまう自分に嫌気がさしたのだ。

「まゆちゃん？　どうしたの、気分でも悪い？」

「あ、ううん。なんでもない」

負の思考から浮上した真弓は、ごまかすように笑った。せっかくの食事なのだから楽しまなければ。真弓は気をとり直して、運ばれてきたサングリアのグラスに口をつける。

それからしばらくは、なごやかな会食が続いた。お互いの近況を報告してからは、美容や健康、注文した料理の話などで盛り上がる。

「またお義兄《にい》さんと恵《けい》ちゃん連れて、猫番館に遊びにいらっしゃいよ」

「恵吾《けいご》が小さかったころは、夏休みに家族で泊まりに行ったわねー。でも中学に入ってからは『親と旅行なんて行けるか！』よ？　可愛げがないったら」

「ふふ、男の子はそんな感じよね。それだけ大人になったってことよ。なんだったらまゆちゃんひとりで来てもいいし」

「なるほど、それもいいわね。恵吾だってもう子どもじゃないんだから、私がいなくても自分でなんとかしてもらわなきゃ」

お酒も進んでほろ酔いになったころ、真弓はふと思い出してバッグの中を探った。

「このまえ実家に行ったとき、お母さんとアルバムの整理をしたのよ。そのときに押し入れの奥から昔の写真が出てきて」

「えー？　子どものころの写真とか？」

「そうよ。――これこれ」

テーブルの上に置いた数枚の写真を、綾乃は興味深げにのぞきこんだ。

「あら？　この建物って猫番館じゃないの？」

「大正解！　四十年くらい前だけどね」

綾乃が注目したのは、赤茶色のレンガで建てられた西洋館を写したものだ。ほかには館内に飾られた大きなクリスマスツリー、そして家族写真がある。

「お母さん曰《いわ》く、当時の高瀬議員がここでクリスマスパーティーをやったときのものらしいわ。ほら、うちも昔は羽振りがよかったでしょ？　そのころに招待されたみたいね」

「そんなことがあったなんて……。記憶にないわ」

「あやちゃんはまだ三、四歳だったもの。私はなんとなく憶《おぼ》えてるけど」

当時の猫番館は、政治家一族の高瀬家が所有していた。それから売りに出され、十数年の時を経《へ》て本城家のものとなったのだ。

「クリスマスパーティー……」

綾乃は家族写真を手にとり、しげしげと見つめた。赤いベロアのワンピースに、同じ色の靴を合わせた妹は、お人形のように愛らしい。

「高瀬家の主催ということは、もしかして誠さんも参加していたのかしら」

「誠……ああ、宗一郎さんのお友だちね。身内ならいたんじゃないの？　お母さん、宗一郎さんらしき男の子がいたような気がするって言ってたし」

「ほんとに!?」

「写真を見ておぼろげには思い出したけど、はっきり憶えてはいないみたい。何せ四十年も前だもの。でも、もしかしたらどこかですれ違っていたかもしれないわよ」

「なんだか運命的ね。宗一郎さんが帰国したら訊いてみるわ」

微笑む綾乃の表情には、わずかな憂《うれ》いが見受けられた。義弟は年始から海外に長期出張中で、帰国は三月末になるそうだ。亭主元気で留守がいいとは言うけれど、こう頻繁《ひんぱん》だとやはりさびしいのではないだろうか。

（でも結奈ちゃんが戻ってきたし、要くんもいるしね）

空になったグラスを置いた綾乃が、「そういえば」とつぶやいた。

「要とサラちゃんも、子どものころにどこかのパーティーで出会っていたのよねえ……」

「サラちゃん？」

「うちの要の花嫁候補よ！」

真弓が問いかけると、綾乃は待っていましたとばかりに身を乗り出した。ビールやサングリアを何杯も飲んだから、だいぶ酔っているようだ。

「でも違ったの、あの子ならって期待したのに」

「フラれちゃったの？」

「そういうわけじゃないのよ。ね、ちょっと聞いてくれる？　うちの要ったら――」

めずらしく興奮気味になった綾乃が、早口で話しはじめる。そんな妹につき合っているうちに、夜が更けていったのだった。


「四十年前のクリスマスパーティー？　ああ、そんなこともあったっけな」

姉の真弓と食事をしてから二日後。休み明けの誠がオーナー室に来たときにたずねてみると、彼は目を細めながら宙を見つめた。

「たしかそのとき、宗一郎とはじめて話したんだよなぁ……」

「やっぱり宗一郎さんもいたのね」

「いた。父親の命令で連れてこられたもんだから、つまらなそうにしてたよ。そのくせ父親の知り合いに会えば愛想よくふるまってさ。いい子ぶっててムカついた」

応接用のソファにふんぞり返った誠は、にやりと笑ってそう言った。言葉のわりに悪意はなく、むしろ親愛の情を感じる。

「綾ちゃんは赤いワンピースを着てたって？　すれ違うどころか、直接会ってたんじゃないか？　小さな女の子がビュッフェのケーキを食べたそうにしててさ、背が届かなかったから俺が抱き上げてやったんだよ。たぶんその子が綾ちゃんだったんだろ」

思いがけないつながりに、綾乃は目を丸くした。記憶がないのが残念でならない。

「宗一郎さんは何をしていたの？」

「近くで見てただけ。あいつ幼児は苦手だしな。行動の予測がつかないからとかで」

「あら、でも要と結奈のことは可愛がってくれたわよ？」

「そりゃ、よその子どもと自分の子は違うだろ。心身ともに大人になったからってこともあるだろうけど。当時はまだ小学生だったし」

「ふうん……」

短い相槌《あいづち》だったが、誠は正確にこちらの心情を読みとった。

「ははあ、さては妬《や》いてるな？　綾ちゃん、意外と嫉妬深いもんな」

「妬いてません。こんなところでいつまでも油を売っていないで、厨房に戻ってください な。また紗良ちゃんに叱《しか》られるわよ」

「はいはい。こんなに一途な嫁さんから熱烈に愛されて、宗一郎も幸せ者だな」

誠はからかうように笑いながら、ソファから立ち上がった。

（もう……。完全におもしろがっていたわね）

ドアが閉まると、綾乃は執務机に戻って仕事をはじめた。

夫のことを誰よりも理解しているのは、いつでも自分でありたい。ずっとそう思ってい る綾乃にとって、誠は夫の親友であると同時に、最大のライバルでもあった。張り合うだ け無駄なことだとはわかっているのだけれど。

夫と誠のつき合いは、学生時代——しかも小学生のときから続いている。同じ小学校 に通っていたが、交流がはじまったのは六年生の終わりごろ。きっかけはさきほど話題に 出たクリスマスパーティーだったそうだ。

大学付属の男子校で、高校までは持ち上がりだと聞いているから、六年間の間に思うぞ んぶん友情を育んだのだろう。

大人になった夫は綾乃と結婚し、誠はパティシエとしての腕を磨くため、単身フランスに渡った。学校を出てからはまったく異なる人生を歩んでいたのに、彼らの友情は途切れることなく、ホテル猫番館の創業でふたたび交わった。

恋愛関係でよく「運命の相手」というけれど、それは友情関係にもあてはまることだと思う。学生時代に仲がよくても、卒業すれば自然と縁が切れてしまうもの。就職や結婚などの節目を機に、疎遠になっていくことも多い。何十年も交流が続き、なおかつ深い関係を築くことができている「親友」は、配偶者に等しい生涯の宝だ。

（だから宗一郎さんも誠さんも、お互いのことを大事にしているんでしょうね）

自分にはそこまで親しい友人がいないから、とてもうらやましい。

そんなことを考えていたとき、机の上に置いてあったスマホが鳴った。メッセージの送信者は姉だ。

〈仕事中にごめんね　今日、猫番館の客室で空いてるところある？〉

〈できればシングルがいいんだけど〉

「……？」

急なことだとは思ったが、とりあえずフロントに内線をかけ、空室があるかどうかを訊いてみる。電話に出た支配人は、少しの間を置いて答えた。

『あいにく本日は満室ですねえ。金曜は予約が多いので』

「スイートルームも込みで？」

『ええ。オーナー発案の女子会プランが好評を博しておりまして、学生さんのグループがご予約を。大学はもう春休みに入っていますからね』

「わかりました。ありがとうございます」

『予備の客室でしたら、いまのところ二室とも空いていますが』

猫番館では通常の客室のほかに、ダブルブッキングなどのトラブルを想定し、予備の部屋を用意している。どちらもツインルームで、各階に一室ずつだ。清掃は毎日行い、不測の事態が起こったときには、すぐに対応できるようにしている。

「それじゃ、私の名前で予備を一室確保しておいてもらえますか？」

『承知しました。では二階のほうを』

とりあえず、予備はもう一室あるので大丈夫だろう。通話を終えた綾乃は、姉に返信を送った。空室状況をたずねてきたということは、猫番館に宿泊したいと思っている誰かがいるのだ。姉本人なのか、それとも――

ふたたびメッセージが来たのは、十分ほどたってからのこと。

〈調べてくれてありがとう　泊まるのはもちろん私よ〉

間を置かずに届いた文章を見た瞬間、予想をはるかに超えた理由に目を見開く。

〈私、いま家出中なの〉


数時間後――

「まったく、うちの男どもときたら！　どうしてあんなに気が利かないのかしら」

猫番館の食堂で、向かいに座る姉の真弓が、フルートグラスに入ったロゼのスパークリングワインを喉《のど》へと流しこむ。透明感のある優しい薔薇色に、きめの細かい泡立ち、そしてフルーティーな風味を楽しむ余裕は、いまの彼女にはなさそうだ。

「恵吾もねえ。春から大学生になるんだし、要くんみたいに気遣いのできる子になってほしいところだわ。久しぶりに見たけど、あの子ますますいい男になっちゃって。大人の落ち着きが出てきた感じね」

「そう？　あんまり変わらない気がするけれど」

「あやちゃんは毎日会ってるから気づきにくいのよ。あれはモテるわ。今年で二十七になるんだっけ？　あの様子なら結婚相手には困らないわね」

「どうなのかしら。でも、私はやっぱり紗良ちゃん推《お》しだわ」

「まあ、決めるのは本人なんだから、あたたかく見守ってあげなさいよ」

（また遊びにいらっしゃいよとは言ったけれど、こんなにはやく実現するなんて）

おしゃべりに夢中になる姉を見つめながら、綾乃はグラスに口をつけた。

十七時過ぎにチェックインをした真弓は、肩にかけたトートバッグのほかに、大きな紙袋やエコバッグを持っていた。今日と明日は仕事が休みらしく、横浜駅の周辺でショッピングをしたり、カフェで優雅にお茶をしたりと、休日を満喫してきたようだ。

「それにしても、家出だなんて大げさな。連絡が来たときは何事かと思ったじゃない」

「あら、家出でしょ？　今日は帰りませんって書き置きしてきたもの」

肩をすくめる綾乃に対して、真弓はけろりとしている。何日も行方をくらませるつもりはないようなので、少し日常から離れてリフレッシュしたいだけなのだろう。

（こういうのを『プチ家出』っていうのかしら）

真弓を予備の客室に案内した綾乃は、一緒に夕食をとりながら話を聞くことにした。

きっかけは些細《ささい》なこと。会社から帰ってきた夫が、汚れたＹシャツや靴下をリビングに脱ぎ捨て放置したとか、ずっと家にいたにもかかわらず、面倒くさがった息子が夕方まで洗濯物をとりこまなかったとか。

ひとつひとつは小さなことでも、不満は日に日に蓄積される。何度言っても改善されることはなく、苛立《いらだ》ちがピークに達したところに、仕事の疲れも相まって爆発してしまったらしい。溜まりに溜まったストレスを解消するため、真弓が選んだ方法が、連休を利用したプチ家出だったたというわけだ。

「最初はビジネスホテルにでも泊まろうと思ったのよ。でもね、それじゃ私の心は満たされないの。ここはひとつ贅沢《ぜいたく》に、素敵なホテルで非日常を味わいたいと思ってね。そこで思い出したのが、猫番館だったというわけ」

「ビジネスホテルは機能的ではあるけれど、ときめきはないものね」

「そう、ときめき！　いまの私に必要なのはそれよ」

グラスを置いた真弓は、うっとりした表情で周囲を見回した。

天井から吊り下げられているのは、クリスタルガラスのシャンデリア。落ち着いた雰囲気を演出するため、明るくしすぎないよう調光している。白いテーブルクロスには薔薇の模様が織りこまれており、小さな炎を灯《とも》したキャンドルと、アネモネの花を飾った一輪挿しが置いてあった。

グランドピアノの奏者はいなかったが、そこにあるだけでエレガントな空間をつくり出す。家庭のくつろぎとは一線を画した、ホテルならではの高級感と非日常。それは猫番館が創業したときからかかげている、大事なコンセプトだ。

「最近は仕事が忙しかったし、家事との両立や恵吾の受験とかで、心が少し疲れちゃったのかもしれないわね。家でも職場でもイライラしてばっかり」

自分の行いを思い返しているのか、真弓は苦笑しながら言った。

「だから今日は、美味しいものを食べてゆっくり眠って、心のゆとりを取り戻さなきゃ」

「そのために猫番館を選んでくれたのなら、光栄だわ」

綾乃が微笑んだとき、誰かの気配が近づいてきた。二枚のデザートプレートを手にした紗良が、すべるような足どりでやって来る。勤務時間外なのだが、綾乃が個人的な仕事をお願いしたのだ。

『もちろんお受けします。オーナーのお姉さま、よろこんでくださるといいですね』

依頼をしたとき、紗良は笑顔で快諾してくれた。時間外の仕事にもかかわらず、嫌な顔ひとつせず引き受けてくれたので嬉しい。

「あの子が紗良ちゃんよ」

「一押しの子？　コックコートが似合うわねー」

小声で話しているうちに、紗良がテーブルの前に立った。彼女は真弓に向けて会釈《えしゃく》をしてから口を開く。

「こちら、本日のデザートでございます」

「あら、美味しそう！」

声をはずませた真弓が、テーブルの上に置かれたデザートに注目した。

使われている食器は、ふちの部分に花柄の浮き彫りがほどこされた白いプレート。そこにバゲットを輪切りにしたフレンチトーストが盛りつけられていた。焦《こ》げ目がついたパンは薄茶色で、バニラアイスとミックスベリー、そしてミントの葉が添えられている。

「フレンチトーストは、フランス語では『失われたパン《パンペルデュ》』と呼ばれております。もともとはかたくなったパンを再利用するために生まれたレシピですが、いまでは専門店もあるほど人気の一品となりました。今回はオーナーの要望を盛りこんで、卵液にロイヤルミルクティーを加えて仕上げております」

「あやちゃんの要望？」

視線を向けられた綾乃は、「そうよ」とうなずいた。

「これは紗良ちゃんに頼んで、特別につくってもらったの。ちょっとボリュームがあるから、お料理はハーフポーションのコースにしたのよ」

「ああ、だから少なめだったのね」

品数は減らさず、量を半分にするハーフポーションは、手間がかかるため通常は行っていない。今回は料理長の隼介に依頼して、便宜を図ってもらった。

「さっき電話したとき、まゆちゃん、行ってみたかったカフェが改装中で残念がっていたでしょう。そこのフレンチトーストが食べたかったのにって」

「だから用意してくれたの？」

「カフェとまったく同じ味にはできないけれど、これも絶対に美味しいわよ。うちの優秀なパン職人が心をこめてつくってくれたんですもの」

注目された紗良は、はにかみながらも「自信作です」と言う。

フレンチトーストは事前予約をした場合に限り、朝食で出している。一晩かけて卵液にひたすため、準備に長い時間がかかるのだ。担当しているのは隼介だが、彼は夕食の支度にかかりきりだったので、紗良に話を持ちかけた。

「オーナーの要望は紅茶の葉を使うことでしたので、まずはロイヤルミルクティーを煮出しました。茶葉はスリランカ産のディンブラで、クオリティーシーズンのものを贅沢に使用しております。どうぞごゆっくりお楽しみください」

一礼した紗良が厨房に戻っていくと、綾乃はナイフとフォークを手にとった。

「冷めないうちにいただきましょう」

「そうね」

バゲットにナイフを入れると、やわらかな感触が伝わってきた。

小さく切って口に運ぶと、紅茶の香りが鼻を通り抜けた。上質な茶葉がとれる時季はクオリティーシーズンと呼ばれ、旬のディンブラ茶は薔薇のような香りがするという。ストレートで楽しむのが王道だけれど、こういった使い方も悪くない。

こんがりと焼き上げたバゲットは、隅々まで卵液が染みこんでいる。嚙みしめるたびにロイヤルミルクティーを含んだ卵液がじゅわっとにじみ出て、甘く幸せな気分になった。フライパンではなく、オーブンでしっかり焼きこんだとのことで、外はカリッとしているのに、中はふんわりやわらかい。

「美味しーい……」

ふと正面を見れば、真弓はとろけそうな表情でフレンチトースト――もとい、パンペルデュを味わっていた。無邪気に楽しむ姿には幸福感があふれ出ていて、見ているこちらも嬉しくなる。

「アイスと合わせても格別よね」

「全体的に甘いんだけど、ミックスベリーの酸味でうまく中和されてる感じ」

「カロリーは高いかも」

「美味しいものはだいたいそうよ。今日は気にせず思いっきり食べるわ。ダイエットは家に帰ってから！」

綾乃と真弓は時間をかけてじっくり味わい、パンペルデュを完食した。

「ごちそうさまでした」

「まゆちゃん、もう部屋に戻る？」

「腹ごなしにお庭を散歩したかったんだけど、いまの時季は寒すぎるわね。次はもっとあたたかいとき……できれば薔薇が咲いてる季節に来てみたいわ」

食堂をあとにした綾乃たちは、二階にある客室に向かった。

綾乃は車で通勤してきたのだが、ワインを飲んだので、今夜は姉と同じ部屋に泊まることにした。ツインルームだからベッドはあるのだ。自宅には娘がいるため、電話をして事情を伝える。

「結奈ちゃん、なんて言ってた？」

「私も伯母さんに会いたかったー、ですって。パンペルデュをつくってもらったことを自慢したら悔しがっていたわ」

「可愛いわねえ。息子じゃなくて結奈ちゃんみたいな娘がほしかったわ」

「そんなこと言って、本当は恵ちゃんのことが可愛くてしかたがないくせに。ちゃんとわかっているんですからね」

客室に入った綾乃と真弓は、交代で入浴を済ませた。実家で暮らしていた娘時代を思い出しながら、ベッドに寝転がっておしゃべりをしていると、出入り口のドアがノックされる。たずねてきたのは夜勤中の要だった。

「これは母さんと伯母さんに、個人的な差し入れです。よい夢を」

微笑んだ息子が持ってきてくれたのは、湯気立つカモミールティーだった。黄金色のハーブティーは体をあたため、心をリラックスさせてくれる。

「あやちゃん、今日は本当にありがとう。おかげでリフレッシュできたわ」

ベッドに腰かけ、香りを堪能していると、真弓が話しかけてきた。

「ストレス解消になった？」

「もちろん。やっぱりたまには息抜きが必要よね。私がイライラしていたら、家の中の雰囲気が悪くなるもの。そんな家じゃ、旦那《だんな》も恵吾もくつろげないわ」

「まゆちゃんだけが我慢する必要はないのよ。家族だからって、何をやっても受け入れろだなんて虫のいい話だわ。親しき仲にも礼儀あり。怒るべきところはきちんと怒って、お義兄《にい》さんたちにも自分の行いを改めてもらわないと」

カップをソーサーの上に置いた綾乃は、「でも」と続ける。

「話を聞いていたら、ちょっとうらやましくなっちゃった」

「ええ？　私、愚痴《ぐち》しか言ってないけど」

「その愚痴が満載になるほど、お義兄さんたちはいつも、まゆちゃんの近くにいるわけでしょう？　うちは宗一郎さんがあまり家にいないし、要は何年も前に家を出たわ。結奈も来年には大学を卒業するから、家族で過ごせる時間はますます減るんだろうな」

「あやちゃん……」

「いつか恵ちゃんが巣立っても、お義兄さんがそばにいてくれるのはうらやましい」

それは自分が心の奥に隠している、まぎれもない本音だ。夫と子どもたちを愛していればいるほど、離れ離れになるのがさびしい。けれど、そう思えること自体が、家族に恵まれているという証拠なのだろう。

「ふふ、ないものねだりね」

「私からすれば、あやちゃんのほうがよっぽどうらやましいけどねえ……。隣の芝生は青いとは、よく言ったものだわ」

綾乃と真弓は苦笑して、残りのカモミールティーを飲み干した。

楽しい時間というものは、どうしてこうもあっという間に過ぎてしまうのか。

ふかふかのベッドでぐっすり眠ると、気がついたときには朝になっていた。

「おはよう。よく眠れた？」

　上半身を起こすと、窓辺にいた綾乃が声をかけてきた。妹はひとり掛けの椅子に座って朝刊を読んでいる。お互いに寝間着姿ですっぴんの顔をさらすなんて、実家にいたとき以来のことだ。なんだか若いころに戻ったような気がしてくる。

「朝食は何時からだっけ」

「七時よ。八時半まで受けつけているから、急がなくても大丈夫」

　ベッドから出て窓辺に立つと、手入れの行き届いたイングリッシュガーデンが見下ろせる。東向きの庭園は朝日に照らされているが、まだ花は少なく、木々の葉もない。しかしよく見れば、ところどころに小さな白い花が咲いているし、土の中では春のおとずれに向けて準備をしていることだろう。

（このまえ年が明けたと思ったら、あと何日かで三月になるなんて）

　時の流れを感じながら、真弓はタオルを持って洗面所に向かった。ぬるめのお湯で顔を洗いながら、昨夜に綾乃とかわした会話を思い出す。

（なんの悩みもない、お金持ちの幸せな奥様だって思っていたけど、よく考えたらそんなに気楽なわけがないのよね）

　どのような立場にあっても、生きている限り悩みは尽きない。

いまは家族に恵まれていても、若いころの綾乃は義両親との関係に苦しんだ。立派なオーナーとして活躍できているのは、人知れず、何年もの努力を重ねた結果だろう。それは間違いなく彼女の功績で、現在の「本城綾乃」を支えている自信の礎《いしずえ》だ。

――私も自分の居場所で、自分なりに頑張っていこう。

鏡に映った顔は、いつもと変わらない。しかしどこか晴れやかな表情をしていた。

「そうだ。せっかくだから、昨日買った服を着ようかしら」

「見せてもらったベロアのスカート、素敵だったわ。まゆちゃんに似合うと思う」

化粧は出かける直前にするため、着替えを終えた真弓は、妹と一緒に部屋を出た。

食堂で迎えてくれたのは、昨夜の夕食でパンペルデュをつくってくれた、妹が一押ししているパン職人の女性だ。彼女が焼いた絶品のパンに、シェフが手がけた最高の朝食を堪能してから、ふたたび客室に戻ってくる。

「あの子、礼儀正しくていいわねー。感じもよくて」

「でしょう。できることなら、ずっとここで働いてもらいたいわ」

荷物をまとめた真弓は、椅子に座って化粧にとりかかった。自分よりも上手な綾乃がアドバイスをしてくれるというので、ありがたく受けることにする。

「うちの事務員さん、メイクの達人でね。彼女からいろいろ教えてもらったの」

「へえー……」

「まゆちゃんは色白だから、透明感のあるメイクが似合うのよ。血色感も忘れずにね」

「でも、赤ってちょっと派手じゃない？」

「青みのある色白の人は、ベージュやブラウンばかり使うと、顔色がくすんで見えるわよ。自分に合った色を見極めなきゃ」

手持ちの化粧道具は貧相なラインナップだったが、綾乃がオーナー室に常備しているメイクボックスを貸してくれた。どんなときでもホテル猫番館のオーナーとして、堂々と人前に出られるよう、準備をととのえているそうだ。

助言通りにメイクをすると、いつもより華やかな顔に仕上がった。赤みの強いチークやリップは派手になるのではと思ったが、意外と肌に馴染《なじ》んでいる。

「こんなにしっかりお化粧したの、久しぶりだわ。変わるものねえ」

「お仕事に行く日も、時間があるときはやってみて。気分が上がるから」

下ろしたての洋服に、丁寧にほどこされた化粧。いつもは時間に追われて適当に済ませているが、これほど変化があるのなら、少し頑張ってみてもいいかもしれない。

「そろそろチェックアウトの時間ね。行きましょうか」

荷物を手にした真弓は、客室を出てフロントに向かった。

吹き抜けの階段にさしかかったときだった。ロビーのソファに座っていた、ふたつの人影が立ち上がる。

「えっ」

真弓は思わず声をあげた。眼鏡をかけた小太りの中年男性と、真弓とよく似た顔立ちの少年。見覚えがある――どころではない。なぜ夫と息子がここにいるのだ。

「昨日、お義兄さんに電話したのよ。まゆちゃんは猫番館に泊まりますって」

「それで迎えに来るように言ったの?」

「私は居場所を教えただけ。あのふたりは、自分たちの意思でここまで来たのよ。なんだかんだ言っても、やっぱりまゆちゃんのことが心配だったのね」

「…………」

こちらを見上げた夫と息子は、どこか気まずそうな顔をしている。しかし真弓の姿を見た瞬間は、安堵したように表情をゆるめた。憎らしく感じるときもあるけれど、やはり家族のことは愛《いと》おしい。少し離れてみたおかげで、改めてそう思うことができた。

迎えに来てくれたのは、王子様ではない。ガラスの靴もそこにはない。

シンデレラではないけれど、自分はとても幸せだ。

微笑んだ真弓は、軽やかな足どりで階段を下りはじめた。

Tea Time

三杯目

二月と聞けば、皆様は何を思い浮かべるでしょうか。

節分？ それともバレンタインデー？ わたしとしては、二月二十二日の猫の日も欠かせません。下僕の要《かなめ》は特別なおやつを出してくれますし、猫番館では屋号にちなみ、毎年ささやかなイベントを行っております。

この日にお泊まりになった方は、パティシエの誠《まこと》さんがつくる、猫をテーマにした可愛《かわい》らしいデザートを堪能することができるでしょう。今年は猫型のクッキーを、喫茶室で販売するそうです。数量限定ですので、お求めの際はお急ぎください。

わたしもその日はおめかしをしますし、スタッフの仮装を楽しむこともできます。猫耳や尻尾をつける程度のコスプレですが、支配人はノリノリです。死ぬほど嫌がる隼介《しゅんすけ》さんと、なんという違いでしょうか。普段は品行方正なぶん、イベントになるとはじけてしまうタイプなのかもしれません。

さて。そんな猫の日にはまだはやい、二月の中旬。

従業員寮の廊下を歩いていると、キッチンのほうから焼き菓子のような甘い香りがただよってきました。魅力的なその香りに誘われて、わたしは専用のキャットドアから中に入り、キッチンに近づきます。

「オーナー、きれいに焼けましたよ」

「うん、しっかりふくらんでいるわね。やっぱり紗良《さら》ちゃんにお願いしてよかったわ」

キッチンにいたのは紗良さんと、驚いたことに飼い主の綾乃《あやの》さんです。

従業員寮は誠さんが管理しているため、綾乃さんはあまりこちらには来ません。そんな彼女が、今日はエプロンと三角巾をつけて、紗良さんが持つ天板に釘付けになっているではありませんか。いったいどういうことなのでしょう?

「あらマダム、ごきげんよう」

出入り口から顔をのぞかせていると、綾乃さんは優しく微笑《ほほえ》みかけてくれました。猫番館の厨房《ちゅうぼう》はもちろんですが、寮のキッチンにも、猫であるわたしが足を踏み入れることはありません。お互いが快適に過ごすためにも、マナーはきちんと守らなければ。

「いま、紗良ちゃんと一緒にマドレーヌをつくっているのよ。チョコ味の」

「明日のバレンタインに、スタッフの皆さんに配るんです」

綾乃さんのあとに、紗良さんが言葉を添えます。

「ずっと市販のチョコレートを買っていたのだけれど、たまには趣向を変えて手づくりでもいいかなと思ってね。でも私、お菓子づくりはそんなに得意じゃないでしょう？　だから紗良ちゃんにお手伝いを頼んだのよ」

「マドレーヌは粗熱《あらねつ》をとったあとに、型からはずしましょう。熱いうちだと生地がくっついてはがれてしまうので」

「わかったわ。ちょっとお茶でも飲んで休憩しない？」

綾乃さんは紅茶が大好きですが、あいにくここにはお徳用のティーバッグしかありません。それでも彼女は、紗良さんが淹《い》れた紅茶を美味《おい》しそうに飲みました。

「バレンタインといえば。紗良ちゃんは誰かにチョコを渡すの？」

「はい！　直接渡せない人たちには、夕方までに配送の手配をします」

元気よく答えた紗良さんは、指折り数えはじめます。

「父と弟、それからお師匠さまには配送で。祖父は洋菓子が嫌いなので、チョコの代わりに和菓子を。あと、今年は兄の家にも送ってみました。明日は日頃の感謝をこめて、厨房スタッフの皆さんに手渡しする予定です。小夏《こなつ》さんとは友チョコを交換しようって約束したし……。あら、意外と大人数ですね」

「えーと……。その、要には何もあげないの？」

「もちろん渡しますよ。天宮《あまみや》さんたちと同じものを」

紗良さんはにっこり笑って言いました。綾乃さんの表情を見る限り、その答えは期待に添わないものだったようですが、残念ながら紗良さんには通じていません。

「オーナーは旦那《だんな》さまに差し上げないんですか？」

「あの人はいま海外だから。帰国したらいつものお店でプリンを買うわ」

「プリン？」

「宗一郎さんの好物なの。一番は誠さんがつくったものなんだけれど、それをそのままあげるのは、やっぱりちょっと悔しいのよね」

綾乃さんはなぜか、誠さんにライバル意識を抱いています。妻心は複雑なのです。

「プリンがお好きということでしたら、オーナーが手づくりしてみてはいかがですか？」

「私が？」

「よろしければつくり方をお教えしますよ。旦那さまもよろこばれると思います」

「そうね……。たまにはそれもいいかも。誠さんの技術には到底かなわないけれど、そこは愛情でカバーよ！」

美しくも可愛らしい奥様に愛されて、宗一郎さんは幸せ者ですね。

四泊目

1/2のメロンパン

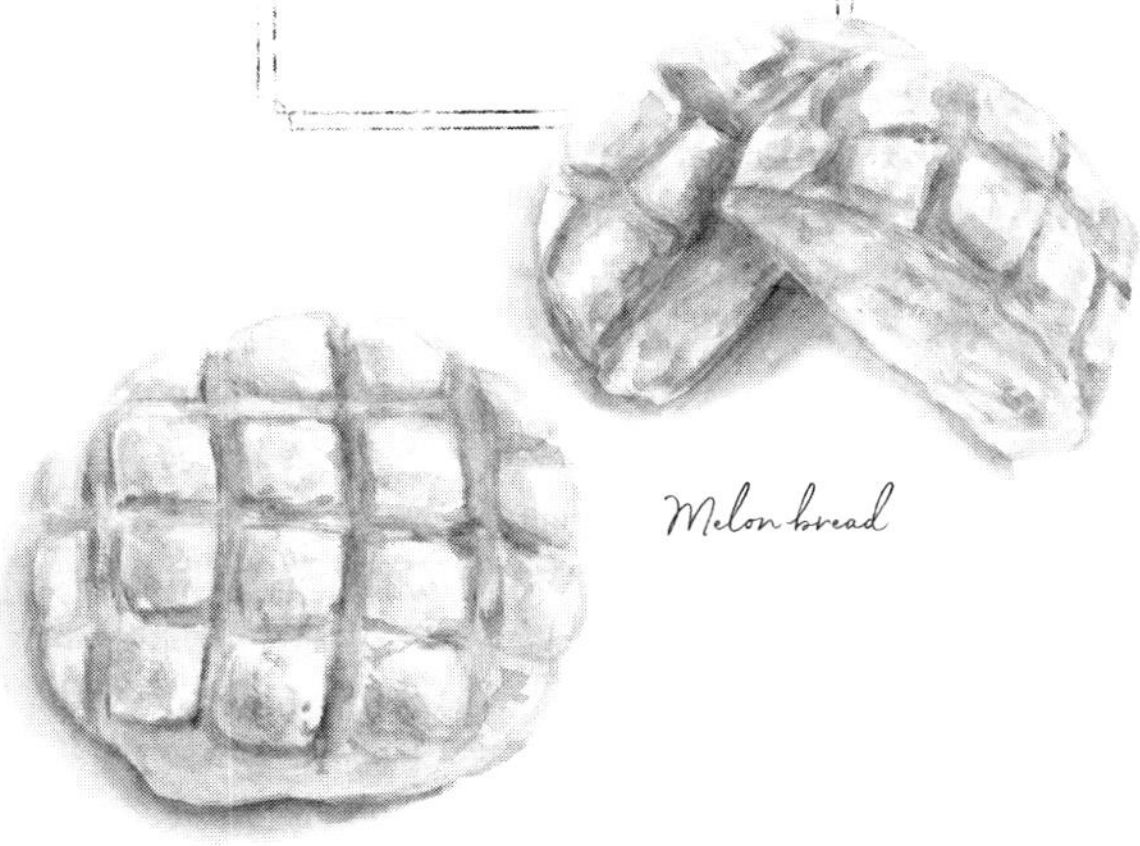

子どものころ、家の近くに小さなパン屋があった。

おそらく何十年も前から、そこで営業していたのだろう。昔ながらの古い店構えで、年配の夫婦が細々と営んでいた。扱っている商品も、あんパンやクリームパン、揚げパンやコッペパンなど、日本的でレトロなものばかり。洒落《しゃれ》た雰囲気などまるでなかったが、根強い人気があったため、長く続いていた。

長野市の中学校に通っていたとき、隼介《しゅんすけ》は毎日のようにその店を見た。買い食いは校則で禁止されていたので、いつも通り過ぎるだけ。それでも早朝、部活の朝練に行くときに流れてくる焼き立てパンの香りにはそそられたし、放課後の練習を終えて帰る際は、中から漏れてくるやわらかな光に安堵《あんど》した。

「そんじゃ天宮《あまみや》、また明日なー」

「ああ」

中一の三月。通学路の途中で部活仲間と別れた隼介は、帯を結んでまとめた柔道衣をかかえ直した。首元に巻きつけたマフラーに顔の下半分をうずめ、ふたたび歩き出す。

——天宮、か。

母の旧姓を名乗るようになってから、ようやく一年。母の郷里で暮らす生活にもすっかり慣れ、同時に新しい苗字《みょうじ》で呼ばれることにも違和感がなくなった。

学期末の試験が終わり、隼介が所属している柔道部も活動を再開した。帰るころには日が暮れているが、寒さは先月よりもやわらいだ。まだ雪が降る日もあるけれど、真冬のように積もることはない。そしてじきに春がやって来るのだろう。

(二年になったら試合に出られるかな)

大学を出るまで柔道をやっていたという顧問の先生は、隼介のことを筋がいいと褒めてくれた。成長期で身長は伸びているものの、体重が増えないことがいまの悩みだ。もっと筋肉をつけて、どんな相手にも負けない選手になりたいのに。

しばらく歩いて角を曲がると、いつものパン屋が見えてきた。

周囲を照らす明かりにほっとしながら、隼介は店のほうへと近づいた。そのまま通り過ぎようとしたのだが、電飾看板の「手づくりパン」という文字を見たとたん、腹の中から大きな音が聞こえてくる。

(お腹《なか》がすいた……)

育ち盛りの上、部活で体を動かしているから、給食だけではとても足りない。

家に帰れば、祖母がつくってくれたおやきがあるはず。しかしいつも同じなので、さすがに飽きてしまう。母は蕎麦《そば》屋のパートで忙しく、食事は和食好みの祖母が用意しているため、天宮家の食卓にパンが出ることはあまりない。

デニッシュやシナモンロールのように洒落たものでなくていいから、何か甘いパンを食べたい。看板を見つめながら、そんなことを考えていたときだった。

「隼介？」

「！」

ふいに呼びかけられた隼介は、反射的にそちらを向いた。黒いコートを身に着けた、長身だがひょろりとした体格の男性を見るなり、驚いて息を飲む。

「兄さん……」

「ああ、やっぱり隼介だ。部活のときはこれくらいの時間に帰って来るって聞いたから迎えに出てみたんだけど、会えてよかった」

嬉《うれ》しそうな表情で近づいてきたのは、八つ上の兄、武藤鷹志《むとうたかし》だった。

一見すると近寄りがたい、粗《あら》削りできつめの面差しは、父親の血が強く出ている。それは隼介にも受け継がれており、悪いことなど何もしていないのに、クラスの女子から怖がられてしまう有様だ。先輩に生意気だと絡まれたときは、本気でにらみつけることにより撃退できたので、助かることもあるけれど。

――それはともかく。

「母さんたちに会いに来たのか？」

「ああ。午前中に電話したら、今日はパートが休みだっていうから。一年会ってなかったし、ばあちゃんともども元気かどうか気になってさ」

「ふーん……」

「長野駅までは新幹線で、そこから母さんの車に乗せてもらったんだ。こっちはやっぱり車があるほうが便利みたいだな。東京で暮らすならそうでもないけど」

「……」

隼介たちの両親は、一年前に離婚した。

鷹志は成人していたため、親権は関係なく、父親の戸籍に残った。一方の隼介は未成年なので、母親に引きとられることになったのだ。母は隼介を連れて実家に戻り、父は鷹志が大学を卒業するまで、東京にある家に住まわせることになっている。

両親が別れても、兄が母の子どもであるという事実は変わらない。もう大人だし、父親の許しを得ることなく、会いたいと思えば会えるのだろう。

(俺は父さんに会いたいとは思わないけど)

離婚の理由はよくある「性格の不一致」と聞いたが、本当かどうかはわからない。しかし隼介は、どちらと一緒に暮らしたいかと訊《き》かれたとき、母がいいと即答した。父は家庭に関心が薄いようで、可愛《かわい》がられた記憶がほとんどなかったからだ。

一方の母は、息子たちに惜しみない愛情をそそいでくれた。だから母を選んだ。兄が父のもとに残ったのは、東京の大学に通っているからだし、学費を出しているのが父だからでもある。わかってはいるのだが、やはりおもしろくはない。

むすっとする隼介を、兄はまじまじと見つめた。

「それにしても、たった一年でずいぶん背が伸びたなー。いくつになった？」

「一七二」

「へえ。成長期真っ盛りだし、あと十センチ……いや十五センチくらいはいけるか？」

「いけるかもね。父さんも兄さんもでかいから。それはそうと、わざわざ迎えになんて来なくてもよかったのに。今日は泊まっていくんだろ？」

「そうだけど、ちょっと気になる店があってさ」

視線を動かした兄は、隼介が足を止めた原因のパン屋に目を向ける。

「前にこの店のパンを食べたら美味《おい》しかったたって、母さんが言ってたんだ。明日は定休日みたいだし、今日のうちに見ておこうかなと」

「こんな時間じゃたいして残ってないと思うよ」

「だろうなぁ。でもまあ、とりあえず入ってみようか。隼介も来いよ」

「え……」

「お腹すいてるんだろ？　好きなパン買ってやるから」

買い食いは校則違反だと思ったが、空腹にはあらがえない。

ためらったのは一瞬で、隼介は兄のあとを追って店に入った。ドアにつけられた鈴が鳴ると、ややあって暖簾《のれん》をかき分け、割烹着《かっぽうぎ》姿のおばあさんがあらわれる。家とつながっているタイプの店なので、奥のほうに住居があるのだろう。

「こんばんは」

兄が愛想よく笑いかけると、小柄なおばあさんも表情をゆるめた。

「いらっしゃい。あんまり残っていないんだけど」

夫婦だけでやっているため、売り場は狭い。置いてあるパンの種類も少ない上、そのほとんどが完売していた。残っているのは四枚切りの角食パンが一斤と、玉子サラダを挟んだコッペパンに、ハムロール、そして大きなメロンパンがそれぞれひとつずつだ。

少し考えてから、兄はすべてのパンを買った。

「ありがとねー」

笑顔のおばあさんに見送られながら、隼介たちは店を出る。

「菓子パンが食べたかったんだけど、選択の余地がなかったな。食パンは明日の朝にみんなで食べるとして、あとはふたりで分けようか」

家に向かって歩きながら、隼介は兄からもらったハムロールにかじりついた。隣を歩く兄はコッペパンに口をつける。

「うん、美味《うま》い。ハムの塩気がちょうどいいな」

「こっちもいけるぞ。うちの近所、こういうのは売ってないんだよなー」

総菜パンを食べ終えてから、兄はお待ちかねのメロンパンを袋からとり出した。

「……平等に分けよう。平等に」

立ち止まった兄は、ひとつ息を吐いてから、慎重にメロンパンを割った。ふたつに分けたうちの片方を、「ほら」と隼介に手渡す。

(明らかにこっちのほうが大きいぞ。どこが平等なんだよ)

ちらりと横を見たが、兄は何事もなかったかのごとくメロンパンを頬張《ほお》っている。嬉しいような、子ども扱いをされて悔しいような。複雑な気持ちになったものの、ハムロールだけでは足りなかったので、ありがたく兄の厚意に甘えることにした。

網目模様が入ったメロンパンは、兄が手を入れたことにより、少しつぶれてしまっている。それでも味に変わりはないので、気にせず食べた。

グラニュー糖がまぶされた表面の生地は優しい甘さで、少しレモンの香りを感じた。サクサクとしたビスケット生地は歯切れがよく、中身は雲を食べているようにふわふわだ。

（なんだこれ、めちゃくちゃ美味い！）

素朴で平凡な見た目なのに、中には最高の味わいが詰まっている。

隼介は夢中になってメロンパンを平らげていった。閉店まぎわに買ったものがこれだけ美味しいのなら、焼き立ては格別だろう。店のおばあさんも、メロンパンは特に人気の商品で、いつもはすぐに売り切れてしまうのだと言っていた。

『今日はめずらしく、ひとつだけ残っていたのよ。ラッキーだったわねえ』

母からもらった小遣いを、お菓子やジュース、漫画などで使い切ってしまったことが悔やまれる。来月の小遣いをもらったら、開店と同時にこのパンを買いに行こう。

「いやー……美味しかったな。半分なのが惜しいくらいだ」

メロンパンが胃の中におさまるころには、視線の先に自宅の屋根が見えるほどになっていた。グラニュー糖がついた指をハンカチで拭《ぬぐ》った兄が、ふいに足を止める。

「母さんたちにはさっき話したんだけど、俺、来週に家を出るんだ」

「え……大学は？　あと一年あるだろ」

「大学を辞めるわけじゃない。アパートでひとり暮らしをはじめるってことだよ。本当は卒業まであの家に住むつもりだったんだけど、事情が変わってさ」

「事情って？」

無邪気に問いかけると、兄は少しためらうそぶりを見せてから言った。

「父さん、再婚することになったんだよ。来月に」

「再婚……」

「さすがに大学生にもなって、父親の新しい奥さんと一緒に住むわけにはいかないだろ」

「……」

「しかも相手の年齢、いくつだと思う？　三十一だよ。俺のほうが近いじゃないか。離婚する前から知り合いだったみたいだし、あれこれ勘繰られてもしかたないだろ」

溜まっていたものを吐き出すように話していた兄は、あぜんとする隼介に気づいて我に返った。気まずそうに顔をそらしたが、外に出てしまった言葉はもう消えない。

「いきなりこんなこと言われても驚くよな。ごめん」

「別に……。その話、母さんにもしたのか？」

兄は「いや」と首をふった。

「そのつもりでここまで来たんだけど、母さんの顔を見たら話す気が失せてさ。そもそも縁を切った相手の近況なんて聞きたくないかもしれないし。それなら俺がわざわざ報告する必要もないかと思ったんだ」

「たしかに……そうかもね。いつかは知るかもしれないけど」

「そのときはそのときだ。とりあえず、いまは何も言わないでおく。でも引っ越しの話で勘づいたかもな。ああ見えて意外と鋭いから」

兄がふたたび歩きはじめると、隼介もあとを追って動き出す。

メロンパンの甘さがすっかり消えてしまった、少し苦めの思い出だ。


開け放した窓から、優しい風が入ってきた。白いレースのカーテンがふわりと揺れる。

「今日はあたたかくて過ごしやすいですね」

「ちょっと冷えこむ日が続いたからねー。季節の変わり目だから体調管理が大変よ」

三月も半ばを過ぎた日の、正午過ぎ。猫番館《ねこばんかん》の休憩室で、紗良《さら》はベルスタッフの小夏《こなつ》と一緒に昼食をとっていた。窓の外はよく晴れており、流れこむ空気もさわやかだ。

「桜の開花は来週あたりでしょうか」

「今年は平年並みって言ってたから、そうかもね。満開になったらお花見にでも行きたいなぁ。学生時代はサークル仲間と上野《うえの》とかに行ったけど、最近はご無沙汰《ぶさた》。満開の桜を見上げながら飲むビールはまた格別でね」

テーブルに頬杖をついた小夏は、うっとりした表情で言う。

「このあたりでもお花見はできますよね？」

「近場なら元町《もとまち》公園だね。あとは山手《やまて》公園と港の見える丘公園。近所じゃないけど三溪園《さんけいえん》の夜桜もきれいなんだって。ライトアップされてて」

「日本庭園の夜桜……風流ですねえ」

「夜桜といえば、みなとみらいの汽車道とさくら通りもいいよね。あのへんって、横浜《よこはま》のイメージの九割くらいを担《にな》ってるような場所だし」

小夏の言葉はあながち大げさではない。

都会的でお洒落な港町というイメージが定着している横浜市だが、十八ある区の中で海に面しているのは六つだけ。大部分は坂の多い、ごく普通の住宅地で、のどかな農地で野菜や果物を育てている場所もある。

横浜駅をはじめ、みなとみらい21地区、中華街や元町、山手といった観光名所は西区と中区に集中している。横浜と聞いて多くの人がイメージする景色は、だいたいそのあたりだろう。全体で見ればほんの一部に過ぎないのだが、影響力は絶大だ。

「高層ビルとか観覧車の夜景との相乗効果で、そりゃもうロマンチックでねー。デートにはもってこいなんだけど、肝心の相手がいないからなぁ」

「小夏さん、先月にお友だちと街コンに参加したって言ってませんでした？」

「ああ、あれね。誘われて行ってはみたけど、こう……ビビッと来る人がいなくて。たぶん猫番館で働いてるから目が肥《こ》えちゃったんだろうなと」

「目が肥《こ》える？」

紗良が小首をかしげると、小夏は心持ち身を乗り出した。びしっと人差し指を立てた彼女は、「ちょっとまわりを見てみなよ」と笑う。

「うちの男性スタッフ、何気にいい男ぞろいだよ？　要《かなめ》さんはひねくれてるけど、スマートで紳士的だし、天宮さんは強面《こわもて》だけど、根はいい人で頼り甲斐《がい》もあるでしょ。早乙女《さおとめ》さんは明るい癒《いや》し系かな。ドジで子どもっぽいのが惜しいけど」

（褒めてる……のよね？）

「もちろん、おじさま方の魅力も忘れちゃいけない。マスターこと誠《まこと》さんはだらしない脱力系に見えても、ここぞというときには大人の余裕が出る。支配人のロマンスグレーとバイク乗りのギャップもたまらないよね。学生バイトくんたちもそれぞれ可愛い。こんなに贅沢《ぜいたく》な職場はなかなかないよ」

「すごい。皆さんのことよく見ているんですね」

「いい男を見抜く目を養うためには、まず人間観察から。でもそんなことしてたら妙に理想が高くなっちゃって、並の男じゃ物足りなくなってしまった……」

小夏は苦笑しながら肩をすくめた。目を肥やしすぎるのも困りものらしい。

「大丈夫ですよ。小夏さんならきっと、素敵な人を見つけられるはずです」

「だといいけどねえ」

春めいた陽気も相まって、心がはずみ、おしゃべりにも花が咲く。

まったりとした雰囲気の室内で、のんびりお茶を飲んでいたときだった。つけたままにしてあるテレビから、明るい女性の声が聞こえてくる。

『本日のグルメガイドはこちら！　最新のトレンドを追求するハイセンスな町、南青山《みなみあおやま》にたたずむ隠れ家的レストランをご紹介しまーす』

笑顔の女性リポーターとゲストの前には、一軒の小さな洋館が建っている。外壁は淡いクリーム色で、あちこちに蔦《つた》が絡まっていた。大通りからはずれた路地裏にあり、まさに隠れ家といった雰囲気だ。

看板には蔦をモチーフにしたロゴマークと「Restaurant《レストラン》」、そして「Lierre《リエール》」というフランス語の飾り文字が記されている。

『こちらのお店は、今年で創業十周年を迎えるフレンチレストランです。店名のリエールは、蔦を意味する言葉だそうですよ』

『どんなお料理が出てくるのか楽しみですねー』

『それではさっそく入ってみましょう』

いそいそと入店するリポーターたちを見つめながら、小夏がうらやましそうに言う。

「隠れ家的レストランかあ。いいなー。私も彼氏ができたらこんなお店で食事がしたい」

「別に彼氏にこだわる必要はないのでは？　ご家族やお友だちを誘っても」

「まあそうなんだけど、こういったムードのあるお店は、やっぱりデートで行ってみたいわけよ。誕生日とかクリスマスとか、特別な日にね」

「なるほど……。それはたしかにあこがれます」

紗良と小夏が注目する中、席に着いたリポーターたちのもとには、次々と料理が運ばれてくる。こんがり焼けたパンが出てきたときは、瞬《まばた》きも忘れて釘付けになった。

「石窯《いしがま》で焼いたバゲット……!?　このお店、石窯があるんだ。なんてうらやましい！」

猫番館にあるのは、平窯とも呼ばれるデッキオーブンと、熱風を対流させて焼き上げるコンベクションオーブンだ。石窯で焼いたパンは、外はカリッと香ばしく、中はしっとりしたものに仕上がるらしいが、あいにく設置できるスペースがない。

以前に働いていた師匠のベーカリーにも、石窯はなかった。一度は経験してみたいと思うが、その場合は石窯のあるお店に移らなければならない。猫番館を去る気はまったくないので、残念だがあきらめるしかないだろう。

猫番館で働きはじめてから、今月で丸一年。

叔父と要に連れられて、紗良がこの洋館ホテルに足を踏み入れたのは、去年のこの時季だった。いろいろなことがあったけれど、ふり返ってみるとあっという間だ。季節がひとめぐりする間に、自分は少しでも成長できたのだろうか?

『では続けて、オーナーの武藤さんにお話をうかがってみましょう』

しみじみしていると、テレビにスーツ姿の男性が映った。

四十歳ほどに見えるその人は、リポーターやゲストとくらべても、かなり背が高いことがわかった。細身の体型は身長に見合わず、少し貧弱に感じてしまう。

『こちらのお店のコンセプトは「大人の隠れ家」ということですが……』

『はい。都会の喧騒《けんそう》からしばし離れ、上質で落ち着いたひとときを過ごしていただきたいとの思いから――』

インタビューに答える男性を見ていると、なぜか既視感を覚えた。

なぜだろうと考えていたとき、小夏が「ねえ」と声をあげる。

「この人、誰かに似てない?」

「あ、小夏さんもそう思いましたか。実はわたしも同じことを……」

紗良が言いかけたとき、出入り口のドアが開いた。

中に入ってきた白熊――もとい隼介の表情を見るなり、思考がフリーズしてしまう。

「高瀬姪《たかせめい》……。おまえ、こんなところで何をしている?」

テーブルの前に立った彼は、普段よりもさらに低い声を出した。明らかに機嫌が悪い。

腕組みをした隼介に見下ろされて、ようやく自分の失態に気づく。

「あっ!」

「休憩時間はとっくに過ぎている。時計も読めないなら小学生からやり直せ!」

「申しわけありません!」

雷が落ちるかのような一喝《いっかつ》を受け、紗良は勢いよく立ち上がった。のんびりしすぎて時間を忘れてしまうなんて、隼介が怒るのも当然だ。

食べ終えた昼食のお皿やマグカップを放置するわけにはいかず、紗良は急いで食器を重ねる。流しに運ぼうとしたとき、隼介の視線がこちらではなく、なぜかテレビに向いていることに気がついた。インタビューはまだ続いており、にこやかに受け答えする男性の顔を、隼介は食い入るように見つめている。

『こちらの建物は以前、親族が所有していたんです。イタリア料理のリストランテを営んでいたのですが、業績不振で閉めることになりまして。その居抜き物件を格安で購入しないかという誘いを受けて、現在に至ります』

（そうか……。誰かに似ていると思ったら）

紗良はテレビの画面と隼介とを見くらべた。

身にまとう雰囲気はまったく違うが、基本的な顔の造作が、このふたりは似通っているのだ。そして隼介の反応を見れば、他人の空似ではないとわかる。

（苗字が違うけど、身内の方？　それにしては天宮さんの様子が……）

痛みをこらえるような表情が気になったが、安易に訊いてはいけない気がする。口を開くのをためらっていると、視線をそらした隼介と目が合った。

「何をボケっと突っ立っているんだ。さっさと片づけて厨房《ちゆうぼう》に戻れ」

「は、はいっ」

びくりと肩を震わせた紗良は、あわてて食器を持って流しに向かう。隼介はそれ以上何も言うことなく、踵《きびす》を返して休憩室から出て行った。


「南青山の『リエール』？　うん、知ってるよ。シェフが前に働いてた店だよね」

隼介が休憩に行ったところを見計らい、料理人の早乙女にたずねてみると、彼はあっさり答えをくれた。

人当たりがよい彼は、隼介のように大柄ではなく、威圧感もないので話しやすい。

「あれ？　もしかして知らなかった？」

「猫番館の前に、東京のフレンチレストランで働いていたのは知っています。でもそれがどこなのかまでは……。どうして転職したのかを訊いてみたことがあるんですけど、そのときは機嫌を損ねてしまって。あまり言いたくないことなのかなと」

「うーん……。シェフが店を辞めた理由は、僕も詳しくはわからないんだけど」

流しでステンレスの両手鍋《キャセロール》を磨いていた早乙女は、作業の手を止めてふり返る。

「円満退職じゃなかった……っていう噂《うわさ》はあるね」

「天宮さんがみずからの意思で辞めたんでしょうか。それとも解雇？」

「そのあたりはなんとも。シェフ本人は何も言わないし、触れられたくないことなんだと思う。僕もさすがにそこまで踏みこむ気にはなれないよ」

早乙女はそう言って肩をすくめた。

「天宮シェフって、同業者の中では名前が知られてるんだよ。いまでも若いけど、二十代のころはコンクールで賞をとったり、有名なグルメ評論家に絶賛されたりして注目されたからね。『若き天才シェフ』って雑誌で紹介されて、店も繁盛したみたいだよ。いまは目立つ場所には出ようとしないし、個人的な取材も断ってるけど」

「そうなんですか……」

言われてみれば、ホテルの取材を受けるとき、隼介は基本的に顔と名前を出すことを拒否している。掲載を許可しているのは料理の写真と説明だけだが、それでも旅行サイトの評価は高いし、食事目当てのリピーターも多い。それらのことからも、隼介が手がける料理がいかに素晴らしいかがよくわかる。

「だから前の店を辞めたときは、同業者の間で憶測が飛び交ってね。料理のコンセプトの相違で衝突したとか、金銭トラブルで揉《も》めたとか。実際に何が起こったのかはわからないけど、なんらかの事件があって、何人かのスタッフが入れ替わったのは事実だよ」

「事件ですか……」

紗良の脳裏に、グルメガイドのインタビューに答える男性の姿がよぎった。

「さっきオーナーの方がテレビに出ていたんですけど、天宮さんと顔が似ていました」

「ああ、それで店の名前も知ったの？　たしかに似てるね。なんたって兄弟だし」

早乙女の言葉に、紗良は目を見開いた。身内だろうかとは思ったけれど。

「オーナーの武藤さんは、天宮さんのお兄さまなんですか？」

「そうだよ。子どものころに親が離婚したから、苗字が違うって聞いたような。シェフはお母さんに引きとられたはず」

「あ、そういえば大晦日《おおみそか》のとき、天宮さんのお母さまが送ってくださったお蕎麦をいただきました。長野県にお住まいだとかで」

「離婚するまでは東京に住んでたみたいだよ。だからシェフも生まれは東京」

同業者で一緒に仕事をしているからか、早乙女は意外と隼介のことを知っていた。家庭環境については、ふたりで食事をしたときに、本人から聞いたのだという。隼介にとっては、そのあたりは隠すようなことでもないのだろう。

（でも、お兄さまのお店で働いていたときのことは話したがらない……）

早乙女の話によると、隼介は高校を卒業してから料理の道に進み、軽井沢《かるいざわ》にあるプチホテルの厨房で働きはじめたそうだ。そこで五年ほど修業を積んだのち、東京でレストランを開くという兄の誘いを受けて上京したらしい。

「しばらくは掃除や皿洗いしかまかせてもらえなくて、それから前菜や付け合わせを担当するようになったとか。そこから数年で二番手《スーシェフ》まで出世したんだからすごいよ。天性の才能もあるけど、軽井沢時代についてた師匠の腕が相当よかったんだろうな」

「それはお兄さまもよろこばれたでしょうね」

「うん。だからこそ面倒なことになったというか」

きょとんとする紗良をちらりと見て、早乙女は苦い表情で続ける。

「若くて才能のある人間は、妬《ねた》まれやすい。本人がどれだけ謙虚であってもね」

「………」

「天宮シェフも例外じゃない。しかもオーナーの身内となれば、ひとりだけ特別扱いされてるって妬む同僚がいたとしても不思議じゃないよ。そんなこともあって、内部はかなりギスギスしてたとは聞いてる」

紗良はコックコートの胸元をぎゅっと押さえた。

本来なら協力し合うべき同僚から疎《うと》まれ、雰囲気の悪い職場で仕事をする。考えただけでも身がすくんでしまう。自分も少し前、同じ専門学校に通っていたクラスメイトから敵意を向けられたことがあったけれど、そのときの悲しみがよみがえる。

「そんなときに事件が起きたんですか……」

「さっきも言ったけど、退職の理由ははっきりしてないし、どれも不確かな噂に過ぎないよ。だから鵜呑《うの》みにはしないようにね」

「はい」

「この話を聞いたことも、天宮シェフには内緒だよ?」

「もちろんです」

「よし！　それじゃ、話はここで終わり。そろそろ仕事に戻ろうか」

早乙女が鍋磨きの続きをはじめると、紗良もやるべきことにとりかかった。

(ビスケット生地、やわらかくなったかな?)

調理台の上で自然解凍させているのは、薄力粉を使ったビスケット生地。さやからとり出したバニラビーンズと、レモンゼスト——レモンの皮をすりおろしたもの——を加えることにより、濃厚かつさわやかな風味を出している。

室温に戻したビスケット生地は、分割して丸め、手のひらの上で平らにする。中身《クラム》となるパン生地はあらかじめつくっておいたので、ビスケット生地を密着させ、全体を覆《おお》うようにして丸めていった。裏側までしっかり覆って焼成すると、蒸し焼き状態となり、ふんわりとした食感のクラムに仕上げることができるのだ。

形ができると裏側をつまんで閉じてから、表面にグラニュー糖をつける。それからカードで格子《こうし》状の模様を刻み、天板に並べた。

(最終発酵《はっこう》は六十分。ビスケット生地とグラニュー糖が溶けないように気をつけて……)

専用の焙炉《ホイロ》に入れて、温度と湿度を設定する。あとは機械にまかせればいい。

ふうっとひと息ついたとき、隼介が休憩から戻ってきた。早乙女から話を聞いたことはおくびにも出さず、紗良は笑顔で声をかける。

「お帰りなさい。テーブルの上に置いてあった甘夏、召し上がりました?」

「ああ。また早乙女のお祖母《ばあ》さんか？」

「今回は違いますよー。桃田《ももた》くんのおばあちゃんから孫へ、愛情あふれる宅配便です」

水を向けられた早乙女が、ピカピカになった鍋を見せびらかしながら笑う。

「遠い地で頑張る可愛い孫に、美味しい果物を届けたいと思う祖母心。うちのばあちゃんとそっくりです。ひとりで食べきれない量を送ってくるところも」

「それでここに持ってきたのか」

「家にはまだまだ残ってるそうですよ」

「生で食べるのも悪くないが、少し苦みが強かったな。大量にあるならマーマレードにしてやるから持って来いと言っておくか」

「いいですねえ。そっちのほうが日持ちもしますし」

仕事中は鬼のように厳しいけれど、なんだかんだ言って隼介は優しい。桃田のようなひとり暮らしの学生バイトには、いつもたっぷり賄《まかな》いを用意する。残り物を持ち帰ることも許可しているので、食費が浮いて助かるのだと、桃田は嬉しそうに言っていた。

「今夜のスープは空豆と新じゃがのポタージュだったな」

「さっき八百屋《やおや》さんから新鮮なものが届きましたよー」

手を洗い、手指の消毒もし直した隼介は、トレードマークのコック帽をかぶった。

本場フランスでは「白い帽子《トック・ブランシュ》」と呼ばれるそれは、長いものだと四十センチに達する。日本では階級が上がるに従って高くなるようだが、フランスでは比例しない。

隼介と早乙女の帽子の高さは、どちらも二十センチほど。隼介は高身長なので、長い帽子は邪魔になるし、威圧感も強まってしまうためだ。

料理長が長い帽子をかぶるようになったきっかけは、とあるフランス人シェフだったという説がある。彼は身長が低かったため、高さのある帽子をかぶることにより、自分の存在を目立たせようとしたらしい。一方、猫番館の料理人はふたりだけだし、隼介はそこに立っているだけで迫力があるので、あえて存在を主張する必要はない。

「そうだ。天宮さん、ちょっとお願いがありまして」

納入された野菜の質を確認している彼の背中に、紗良は遠慮がちに話しかけた。

「実はいま、来月から販売する商品を研究しているんです。試作品が焼き上がったら試食していただけますか？」

「それはかまわないが、何をつくろうとしているんだ？」

「メロンパンです！」

元気よく答えると、隼介の肩がぴくりと動いた。薔薇酵母《ばらこうぼ》のプールにくらべたら平凡なので、拍子抜けさせてしまっただろうか。

「その……。独創性を追求するのも大事ですが、ある程度は定番品もラインナップに加えておくべきじゃないかと思ったんです。データでは菓子パンより食事パンのほうが売れ行き良好なんですけど、いまのバランスを考えると、やっぱり甘いものかなと」

「メロンパンを選んだ理由は？」

「黒糖くるみあんパンが人気なので、同じく日本人に馴染《なじ》みが深いパンにしようと決めました。クリームパンやチョココロネも候補にあったんですけど、中にフィリングを詰めるところがあんパンとかぶるなと。それなら独特の食感があるメロンパンのほうが、違いを出せると考えました」

「なるほど。根強い人気があるからこその定番だしな」

ふり向いた隼介は、納得したようにうなずいた。

「試作品ができたら試食する。ただし、中途半端なものを持ってきたら承知しない」

「肝《きも》に銘《めい》じます！」

彼の言葉は厳しいけれど、そのぶん気持ちが引きしまる。背筋を伸ばした紗良は、気合いを入れて次の仕事にとりかかった。

それから二日後の公休日。隼介はひとり表参道《おもてさんどう》の通りを歩いていた。

――このあたりに来るのは久しぶりだ。

兄の店を去ったのは三年前だから、それ以来のこと。あまり変わっていないように見えるが、細かいところには変化があるのだろう。

三月の後半になると、昼間は気温が上がってあたたかくなるが、夜はまだ冷えこむ日も多い。今日は長袖《そで》のTシャツの上からマウンテンパーカーを着ているが、隙間《すきま》からひんやりとした冷気が入りこんできて、小さく身震いした。

（ここか……）

指定されたバーは、まだ新しい、洗練された商業ビルの地下にあった。

隼介は酒に弱いので、それがメインの店にはあまり行かない。ハンバーガーとポテトが美味いアメリカンなダイニングバーや、酒より和洋折衷《せっちゅう》の料理に力を入れている家庭的な小料理屋には、定期的に通っているのだが。

地下への階段を下りた隼介は、出入り口のドアを開けて中に入った。

薄暗い店内はさほど広くはなく、すぐに目当ての人物を見つける。奥のカウンターに近づいていった隼介は、空いていた隣の席に腰を下ろした。

「あいかわらずいい体格してるな。元気だったか？」

「……まあ、それなりに」

親しげに話しかけてきた兄の鷹志は、以前よりも少し痩《や》せたように見える。カウンターの上には、琥珀《こはく》色の液体が入ったロックグラスが置いてあった。

「とりあえず何か飲むといい。ここはノンアルコールの種類も多いから」

バーテンダーからメニューを手渡された隼介は、少し考えてからサラトガクーラーを注文した。アルコールは入っていないので、これなら自分でも飲める。

上着を脱いでいる間に、注文を受けたバーテンダーが、細長いコリンズグラスに氷を入れた。搾《しぼ》ったライムの果汁とジンジャーエール、シュガーシロップを加え、バースプーンでステアする。仕上げにくし切りにしたライムとミントの葉を飾り、細めのストローを挿したグラスが隼介の前に置かれた。

辛口でキレのある炭酸と、ライムの酸味がさわやかなカクテルで喉《のど》を潤してから、隼介は本題に入った。

「それで、今日はいったいなんの用だ。三年も音沙汰《おとさた》がなかったのに」

スマホに兄からのメッセージが届いたのは、数日前のことだ。

万が一の事態を考え、連絡先は消していなかった。しかし兄のもとを去ってからは、お互いに連絡をすることはなく、沈黙が続いていたのだ。

〈久しぶりに会って話さないか？〉

唐突なメッセージに驚いたが、どうしても無視することができず、誘いに乗ってここまで来てしまった。自分から距離を置いたくせに、心の奥では兄に会いたいと思っていたのかもしれない。

小皿に盛られたレーズンバターをつまんだ兄は、のんびりとした声音《こわね》で言う。

「音沙汰がなかったのはお互い様だ。時間はあるんだし、ゆっくり話そう」

「………」

「そういえば、ちひろちゃんは元気にしてるか？　だいぶ大きくなっただろう」

「四月で六歳になる。写真があるけど」

「おお、見せてくれ」

スマホに保存した最新の写真は、娘が自分でつくったと思《おぼ》しき、小さな雪だるまと一緒に写っているものだった。モコモコとしたピンク色のダウンコートや耳当て、手袋を身に着け、満面の笑みを浮かべている娘を見て、兄の目尻も自然と下がる。

「いやー、可愛いなぁ。すっかり女の子って感じじゃないか」

「来年は小学生になるからな」

「はやいもんだな。俺も歳《とし》をとるわけだ」

兄は苦笑しながら、ロックグラスに口をつけた。

「でも、北海道は遠いよな。いまでも会えてるのか？」

「電話と面会は定期的にしている。次に会うのは誕生日のころだ」

「じゃあもうすぐだな。楽しみだろ」

結婚していた女性とは、四年ほど前に別れた。幼いひとり娘の親権は元妻が持ち、現在は札幌《さっぽろ》の実家で暮らしている。そのあたりの経緯は隼介の母とほぼ同じで、なんの因果だと思ったくらいだ。

「京香《きょうか》さん、再婚はしてないのか？」

「いまのところは」

「そうか……」

兄の視線が宙をさまよう。二十年以上も前に離婚した、自分たちの両親のことを考えているのかもしれない。

家庭に関心がなかった父は、家族にも冷たかった。どう考えても結婚には向いていないのに、離婚後わずか一年で、若い女性と再婚したのだ。決定的ではないにしろ不倫疑惑もあったせいで、兄は父に対して強い不信感を抱いている。それが関係しているのかはわからないが、兄は昔から結婚願望がなく、現在も独身だ。

（俺は父さん《あのひと》とは違う）

離れて暮らしていても、娘のことは愛《いと》しく思うし、いつも幸せであってほしいと願っている。けれど自分が仕事にかまけて、家庭をおろそかにしたのも事実だ。気がついたときにはすでに遅く、亀裂が元に戻ることはなかった。

元妻との縁は切れてしまったが、ちひろが自分の娘であるということは変わらない。兄にとっては姪にあたる子だし、気にしてくれるのはありがたかった。

子ども好きな兄は、伯父として、ちひろのことを可愛がってくれた。ちひろも兄になついていたが、当時は二歳にも満たなかったから、記憶には残っていないだろう。可能であれば、ふたりをまた会わせてやりたいとは思うが……。

「再婚といえば、隼介のほうはどうなんだ？　予定があったりとかは……」

「そんなものはない。俺も父親と同じで、結婚には向かない人間なんだと思う」

隼介はため息をついた。自分には成長が楽しみな娘がいるし、それ以上は望まない。

「ということは、いまでもひとり暮らしか。気を遣う必要がなくて快適だろ」

「いや、ひとりじゃないんだ。いまは職場の寮に入っている」

「よくある借り上げマンションとかじゃなく？」

「台所やリビングは共用だから、シェアハウスみたいなものだな」

隼介は規律こそきっちり守るが、頑固で神経質なところがあるので、集団生活にはあまり向いていない。

隣室に住む早乙女は生活音がうるさいし、寮長のタヌキ親父《おやじ》……いや誠はヌシのごとくリビングに居座って、住人を巻きこみ酒盛りをする。要は静かに過ごしてくれるが、飼い猫のマダムが隙あらば誘惑してくるのはいただけない。衛生上、仕事の前に猫には近づかないと決めているのに、その気持ちをもてあそぶかのように誘ってくるのだ。

しかし、そんな寮に自分は三年も住み続けている。

「一般的なアパートやマンションよりもプライバシーがないし、浴槽もない部屋で壁も薄い。でも家賃は破格だし、何より職場が目と鼻の先にあるのは助かる」

「なるほど。たしかにメリットは大きいな。とはいえ家族でもない他人とひとつ屋根の下で暮らすなんて、俺だったら三日ともたないだろうけど」

会話が途切れると、沈黙がその場を支配する。

グラスの氷がカランと音を立てたとき、「隼介」と呼びかけられた。

「――おまえ、『リエール』に戻ってくる気はないか？」

「！」

驚いて顔を向けると、真剣な面持ちの兄と目が合う。

「言っておくが本気だぞ。おまえが店を辞めたのは、厨房スタッフの諍《いさか》いに嫌気がさしたからだろう？　あれから何度か入れ替わって、当時の人間は誰もいなくなった。隼介もこの三年でさらに腕を磨いただろうし、最高の待遇を約束する」

「……………」

「実はいまの料理長が、病気で長期療養することになったんだ。来月末に退職するからその後任を探している。俺としてはぜひとも、隼介に戻ってきてもらいたい」

（会おうと言ったのは、その話をするためだったのか）

沈黙を守る隼介に、兄はなおも言い募る。

「おまえがいま、横浜のホテルで働いていることは知ってる。うちにいたとき以上に表舞台に出ようとしないのは、注目されたくないからか」

「……ああ、そうだ」

隼介は吐息混じりの声で答えた。

猫番館で働きはじめてから、隼介はコンクールや料理イベントに出ることをやめた。取材も料理についてのことなら答えるが、自分に関することはほとんど話さない。顔写真の掲載も、どうしても断りきれなかったもの以外は辞退している。それらはすべて、過去に味わった苦い経験が原因だ。

何事も経験。それは軽井沢で出会った師匠の口癖だ。

その教えに従って、隼介は積極的にコンクールやイベントに参加した。別に目立ちたいわけではなく、料理人としての見識を少しでも深めたかったのだ。そうやって日々の修業を重ね、お客のために美味い料理を提供する。それが自分の仕事であり、一料理人としてのよろこびでもある。

はじめてコンクールで賞をとったときは、自分の料理を認めてもらえたことが素直に嬉しかった。著名な評論家から高い評価を得たときも、純粋に誇らしかった。しかしその裏で、隼介に嫉妬《しっと》心を抱く同業者も少なくはなかったのだ。

(たしかにあのころ、厨房の雰囲気は最悪だった。でも店を辞めた一番の理由は……)

「身内の欲目を抜きにしても、おまえは一流の料理人だと思う」

同じような言葉をどこかで聞いた気がして、記憶をたぐる。

そうだ。十年前、軽井沢まで隼介をたずねてきた兄が言ったのだ。

『身内の欲目なんかじゃない。おまえはいつかきっと、一流の料理人になると思う』

その言葉を聞いたとき、隼介は師匠のもとを離れ、兄とともに新しい道に進んでみようと決めた。いまでもそれは間違っていなかったと思っている。

しかし――

「厨房スタッフの管理が行き届かずに、隼介に嫌な思いをさせたことは、オーナーとして心から謝罪する。虫のいい話だとはわかっているが、俺はまた『リエール』で働くおまえの姿が見たいんだ」

「……………」

「いますぐに返事をしろとは言わない。だから少し考えてみてくれないか。待遇とか詳しいことはここに書いてあるから」

兄から手渡されたのは、書類が挟まったクリアファイル。

受けとりを拒否しなかったのはなぜなのか、自分でもよくわからない。


(くそ。俺としたことが、寝つきが悪くて寝坊するとは)

一夜が明けた、翌日の九時半過ぎ。更衣室に入った隼介は、イライラしながらロッカーを開けた。急いで服を脱ぎ、クリーニングから戻ってきたコックコートに袖を通す。

今日の朝食は早乙女の担当なので、出勤はいつもより遅い時間だ。十時までに厨房に入ればいいのだが、隼介はいつも九時ごろから仕事をはじめている。昨夜はベッドに入ってからあれこれ考えていたせいで、不覚にも寝過ごしてしまったのだ。

遅刻ではなくても、時間がずれると調子もくるう。心の乱れは料理の出来にも影響してしまうため、厨房に行く前になんとかしなければ。

精神状態が悪いときは、日課の筋トレやジョギングを行って汗をかき、シャワーを浴びればすっきりする。いまはそんな暇がなかったので、着替えを終えた隼介は、何度か深呼吸をして心を研ぎ澄ませた。さらに両目を閉じ、精神を統一させる。

「……よし」

呼吸をととのえ黙想すると、ようやく気分が落ち着いた。最後にコック帽をかぶり、隼介は更衣室をあとにする。

厨房に入ると同時に、中から高瀬姪こと紗良と、早乙女の会話が聞こえてきた。

「へえ、石窯キットなんてものがあるんだ」

「耐火レンガやブロックを組み立ててつくるみたいですよ。でも小型とはいえそれなりの大きさがあるし、一般家庭の台所には設置できそうにないですね」

「置くならやっぱり庭かなぁ。あとは広い敷地がある別荘とか。外だと煙の問題もあるだろうから、都会の住宅街じゃむずかしいね。ご近所トラブルの元だ」

「趣味としては楽しそうなんですけどね。完成したら美味しいパンやピザを焼くことができますし……あ、おはようございます」

隼介の姿に気がついた紗良が、こちらに視線を向ける。

彼女たちが興味深げに読んでいたのは、アウトドア関連の雑誌だった。ＤＩＹでつくるピザ窯やパン窯を特集しているようだ。十時前後は朝食の後片づけも終わり、小休憩をとる時間帯のため、仕事の手を止めていても咎《とが》めはしない。

「朝食はどうだった。問題はなかったか?」

「はい!　ホワイトアスパラのスープ、お代わりしてくれたお客さんも何人かいて」

早乙女が嬉々《きき》として報告する。今朝のスープは彼が仕込みから仕上げまで、すべてを自分の手で行った。好評だったのなら嬉しさもひとしおだろう。

「鶏卵《けいらん》アレルギーの子どもはどうだった」

今度は紗良が笑顔で答える。

「事前に打ち合わせをした通り、卵の代わりに豆乳ヨーグルトを使ったキッシュをお出ししました。土台のパイ生地も卵は使わずに、オリーブオイルで代用を。とてもよろこんでいただけましたよ」

「そうか。それならよかった」

朝食には卵料理が不可欠で、乳製品を出すことも多い。しかしアレルギーや病気などでそれらが食べられない宿泊客もいるため、臨機応変に対応している。

「休憩は終わりだ。厨房の掃除をして、午後からの仕事に備える」

「了解です！」

声をそろえた早乙女と紗良が、きびきびと動きはじめる。

隼介はまず、流し台の掃除に着手した。排水溝をきれいにしてから、次は書類やファイルが積み上がった事務用机に向かう。普段は整理整頓《せいとん》が行き届いているのだが、早乙女が使うとだいたいこうなる。あとで厳しく注意しておかなければ。

机の一番上には、紗良たちが読んでいたアウトドア雑誌が置いてあった。なんとなく手にとって、ぱらりとめくる。

（石窯か……）

顔を上げた隼介は、周囲を見回した。前にオーナーも言っていたが、猫番館の厨房はあまり広くないので、大きな調理機材を新設する余裕がないのだ。石窯を設置するなら、建築段階であらかじめ組みこんでおくべきだろう。

（『リエール』の厨房には、立派な石窯があったな）

三年前まで働いていた店の厨房が、隼介の脳裏に浮かんだ。

あの建物では以前、父方の親戚がリストランテを営んでいた。自家製ピッツァを売りにしていたため、業務用の本格的な石窯が置いてあったのだ。

兄は居抜き物件として建物を買いとり、厨房もそのまま残した。石窯はグリル料理やパンを焼くときに使っていたので、隼介も扱い方は心得ている。猫番館に石窯があれば、紗良にも教えてやることができたのだが。

兄の店では料理が主役で、パンはあくまで添え物に過ぎなかった。専門のパン職人はもちろんいない。フランスパンは業務用の冷凍生地を購入し、簡単な食事パンは料理人がつくって焼いていた。職人がいれば、もっとバラエティ豊かなパンを次々と焼くことができるだろうに、もったいないなと思ったことを憶《おぼ》えている。

ちらりと紗良を見ると、作業用のエプロンをつけた彼女は、一心不乱にブラシで床を磨いている。油で汚れていたタイルで転びかけて以来、床掃除には熱心だ。仕事で使う厨房や調理器具をぞんざいに扱う人間は我慢がならないので、紗良や早乙女のように、積極的に手入れをする者には好感が持てる。

「ぐはっ」

「早乙女さん!?」

「だ、大丈夫。ちょっと腰がピキッときただけ。うん、大丈夫……」

「重たいものを運ぶときは台車を使え。料理人は腰痛になりやすいんだ。予防するためにも筋トレをしろ」

「シェフは鍛えてますもんねー。上腕二頭筋とシックスパックの肉体美ときたら……」

「勝手に人の裸を観察するな」

「偶然見えちゃったんですってば。僕もあんな上半身になりたいなぁ」

「おまえは筋トレ以前に、腰痛予防の体操からだな」

「えぇー。なんかおじいちゃんみたいじゃないですか」

軽口をかわし合う隼介と早乙女を、紗良が楽しそうな表情で見つめている。兄の店で働いていたときと、なんという違いだろう。いつもギスギスしていた「リエール」の厨房とくらべて、猫番館の厨房は気楽で明るい雰囲気に包まれている。

(ボスの高瀬叔父はゆるいし、姪と早乙女は能天気……。そうなるのも当然か)

悪くはないが、緊張感がなさすぎる職場というのも問題だ。気を引きしめるという意味では、自分のような人間もひとりくらいは必要だろう。

しばらくして掃除が終わると、隼介は昼の賄いをつくる準備をはじめた。

食材棚や冷蔵庫の残り物を確認し、消費期限が近いものを組み合わせてメニューを決める。該当したのは昨夜の夕食で使ったベシャメルソースに、豚《ぶた》バラベーコンが数枚、そして玉ねぎと、ジャガイモの一種であるメークインだ。

(あとはこの前つくっておいたパン粉を合わせれば……)

頭の中でメニューを組み立てた隼介は、さっそく調理にとりかかった。

まずは野菜の皮を剝《む》き、玉ねぎはみじん切りにしてから、バターを溶かしたフライパンで炒《いた》める。そこに白ワインを加えて火を通し、ベシャメルソースを投入した。塩コショウで味をととのえて仕上げたものは、粗熱《あらねつ》をとって冷蔵庫でかためる。

冷えるのを待っている間に、もう一品。

こちらで使う玉ねぎは、繊維に沿ってスライスし、細かく切り分けたベーコンと一緒に炒める。ジャガイモはポテトチップスをつくるときのように薄く切り、灰汁《あく》をとるため水にさらした。自家製のブイヨンは水に溶かして煮込み、味つけをしておく。

大人数用のグラタン皿にバターを塗った隼介は、下ごしらえをした具材を丁寧に敷き詰めていった。最後にブイヨンをそそぎ、オーブンで焼き上げれば完成だ。

食欲をそそる香りに誘われて、紗良と早乙女がいそいそと近づいてくる。

「いい匂いだなぁ」

「ポテトグラタンですか?」

問いかけてきた紗良に、隼介は少しだけ口角を上げて答える。

「見た目は似ているが、違う。この料理の名前はポム・ド・テール・ブーランジェール」

「ブーランジェール……?」

「ポム・ド・テールは、フランス語でジャガイモ。『大地のりんご』とも呼ばれているから、りんごを示すポムなんだろう。ブーランジェールという言葉は、この料理がパン屋の窯で焼かれていたからとか、パン屋の女将《おかみ》がつくっていたからとか……。何が事実なのかはわからないが、そんな感じの話を聞いたことがある」

「そうなんだ……」

紗良は好奇心にあふれた表情で、焦《こ》げ目がついた料理を見つめている。

「あと一品残っているんだ。早乙女、手が空いたなら衣づけを手伝え」

「イエッサー！」

隼介は早乙女と手分けをして、冷蔵庫からとり出したタネを俵《たわら》型に丸めた。小麦粉、溶き卵、パン粉の順で衣をつけていく。

使用しているパン粉は市販のものではなく、残っていたバゲットを乾燥させ、粉砕してつくった自家製だ。きめが細かいため口当たりがよく、日本では串カツなどに使われている。粗めのパン粉はザクザクとした食感になるので、トンカツ等が合うだろう。

「シェフ、もう揚げちゃっていいですか？」

「ああ」

「了解でーす」

繊細な衣をまとったタネが、揚げ油の中に入っていく。大量の細かい泡が生まれ、パチパチと小さな音を立てた。

やがて網つきバットの上は、きつね色の揚げ物でいっぱいになった。菜箸《さいばし》で割って中を確認すると、ふわっと立ちのぼる湯気とともに、とろりとした白い中身があらわになる。

紗良が子どものように目を輝かせた。

「クリームコロッケ！」

「クロケットと言え」

宿泊客にこの料理を出すときは、ベシャメルソースの中に、ほぐした蟹《かに》の身やトリュフなどを加える。今回は賄いなので入れていない。

「あの。試食！　試食としていただいてもよろしいでしょうか？」

「僕も食べたいなー。半分こにしようよ。ちょうど真ん中で割れてるし」

よほど空腹だったのか、隼介の答えを待つことなく、紗良と早乙女は仲良くクロケットを分け合った。冷ますために何度か息を吹きかけてから、口に入れる。

「――――」

「あー……やっぱりシェフの料理は最高だ」

紗良は恍惚《こうこつ》とした表情でクロケットを噛《か》みしめ、早乙女は幸せそうにつぶやいた。

どちらも嘘《うそ》がつけない人間だから、表に出る反応は本物だ。賄いひとつで大げさなとは思うものの、自分がつくった料理を美味しそうに食べてくれるのは嬉しい。

（たんぱく質とビタミンが足りない……。もう一品追加するか）

賄いといえども、栄養のバランスは気になる。隼介は野菜の切れ端や缶詰のツナ、そして茹《ゆ》で卵でつくったサラダを、大きなウッドボウルに盛りつけた。朝食用のパンの残りもあるから、今日のうちに食べてもらおう。

「天宮さん。お料理、食堂に持って行ってもいいですか？」

「グラタン皿はまだ熱いから、火傷《やけど》しないように気をつけろよ」

「おまかせください」

ミトンをはめた紗良が、持ち手つきのグラタン皿を配膳ワゴンに搭載する。

昼の賄いは大皿料理を何品かつくり、パンやスープなどと一緒に食堂のテーブルに置いておくのだ。休憩に入ったスタッフは食堂に寄り、好きな料理をとりわける。つまりはスタッフ専用のビュッフェだ。

ホテル周辺にはコンビニやスーパーがなく、駅のほうまで歩くと、帰りに坂道をのぼることになってしまう。貴重な休憩時間をそんなことに使わせるわけにはいかない。

ちょうどいい食材がないときは宿泊客用の余剰分を使い、ほぼ毎日用意している。

　そのため賄いは無料ではなく、格安ではあるが一定の料金をとっている。自宅で弁当をつくってきてもいいし、出勤前にどこかで買ってきてもかまわない。厨房に出入り自由な早乙女と紗良は、残り物で自分好みの昼食をつくるときもある。とにかく腹を満たし、仕事の活力になればそれでいいのだ。

（待てよ。オレンジジュースも少し残っていたような）

　朝食の際、ピッチャーで提供したジュースは、やはり冷蔵庫に入っていた。これも今日中に飲み切ってほしい。

　ピッチャーを手にして食堂に入ると、そこにはオーナー夫妻の息子でコンシェルジュの要がいた。一番乗りの彼は、紗良と楽しそうに会話をしている。

「へえ、今日はコロッケか」

「ノンノン。クロケットと呼んでください」

「ふーん。じゃあこれは？　ポテトグラタン？」

「不正解です。こちらはポム・ド・テール・ブーランジェール！　素敵な名前でしょう」

「無駄に長いな」

「何を言っているんですか！　無駄な言葉なんてひとつもありませんよ？　いまから説明するのでよーく聞いてください。まずポムというのは……」

少し前まで何も知らなかったくせに、紗良は鼻高々に、隼介から仕入れたばかりの情報を披露している。

「……というわけです」

「なるほど。勉強になった。情報源の隼介さんに感謝するよ」

「な！　なぜそれを」

「だって顔に書いてあるし」

そこまで聞いたとき、こらえきれずに噴き出してしまった。こちらに気づいた紗良の顔は見る見るうちに赤くなり、要はにこやかに「お疲れ様です」と声をかけてくる。

「うう……恥ずかしい」

「大丈夫。紗良さんは照れた顔も可愛いよ」

「この期に及んでからかわないでください……」

両手で顔を覆った紗良は、そそくさと厨房に戻っていってしまった。

「ああ、逃げちゃった。もっと見たかったのに」

「からかうのもほどほどにしておけよ。嫌われても知らないぞ」

「そのあたりは心得ていますよ。本気で嫌がりそうなことは絶対にやりません。ただ……ああいう顔を見せられると、ついちょっかいを出したくなって」

「まあ、わからなくはないがな」

彼女も早乙女も、どこか抜けているのに憎めない。ほかのスタッフには怖がられることもあるけれど、このふたりは自分がどれだけ厳しく接しても、よそよそしくなることがないのだ。そんな人間に慕われて、ストレスなくのびのびと仕事ができる自分は、とても恵まれた職場にいると思う。

猫番館に来たばかりのころは、生活費が稼げればいいとしか思えなかったのに。

「お疲れ様でーす。お腹すいたー」

「天宮シェフ、今日の賄いはなんですか?」

正午を過ぎると、休憩に入ったスタッフが続々と食堂にやって来た。

ここには自分の料理を求めてくれる人が大勢いる。それはお客だけではなく——

口元をほころばせたとき、心が決まった。

桜のつぼみが少しずつ開きはじめた、三月の下旬。

退職して以来、三年ぶりに「リエール」にやって来た隼介を、兄の鷹志は満面の笑みを浮かべて出迎えた。

「よく来てくれたね。今日は休みか」

「ああ。だからこの前の話の返事をする」

時刻は十五時。ランチタイムが終わり、スタッフたちは休憩をとっている時間だ。お客は誰もいないので、兄は正面のエントランスから隼介を招き入れた。反射的に店内を見回していると、兄から声をかけられる。

「内装は昔のままだよ。なつかしいだろう?」

「そうだな……」

シャンデリアに深紅《しんく》の絨毯《じゅうたん》、飴《あめ》色の調度品は、どことなく猫番館を思わせる雰囲気がある。この店のコンセプトは「大人の隠れ家」だから、方向性は同じなのだ。

(たしかに似ているが……)

ここには猫番館のような、独特なぬくもりが感じられない。いや、店そのものが悪いのではないのだ。昔と変わらない店内を見ていると、過去の自分が味わった苦い思いがよみがえり、居心地の悪さを覚えてしまう。

兄にスカウトされ、はじめてこの店に足を踏み入れたのは、二十三歳のとき。あのころはまた東京に戻って来られたというよろこびと、軽井沢のホテルとは違った雰囲気の新しい職場に興奮して、期待に胸をふくらませていた。

それなのに――

奥の個室に通された隼介は、兄と向かい合って腰を下ろした。見覚えのある支配人が珈琲《コーヒー》を運んでくる。有能な人だから、いまでも勤めてくれていてほっとした。

珈琲を一口飲んだ隼介は、背筋を正して兄を見据えた。

「兄さん。店を辞めたにもかかわらず、またスカウトしてくれたことには感謝している」

「……」

「でも俺はいま、猫番館の料理長をやっている。どれだけいい待遇を約束してくれたとしても、あのホテルを離れてここに戻るつもりはない」

自分が出した答えを伝えると、兄は細く長い息を吐いた。テーブルに肘《ひじ》をつき、両手を組んで隼介を見る。

「戻らないと決めた理由は、料理長としての責任感だけか？　違うだろう」

「それは……」

「遠慮はいらない。ここに来たときのおまえの顔、あれを見た時点で断られるだろうとは思っていた。だからせめて、本当の理由を教えてくれ」

兄の目には、怒りも落胆もない。申し出を断られたときも驚くことなく、ただ静かな眼《まな》差《ざ》しを向けただけだ。予想していたというのは事実なのだろう。

ごまかして有耶無耶《うやむや》にするのは、兄に対して失礼だ。一瞬だけ下を向いた隼介は、膝《ひざ》の上に置いた両手を握りしめる。ややあって顔を上げ、口を開いた。

「わかった。話そう」

このレストランに来た当初、隼介は厨房スタッフの中ではもっとも若く、料理人としての経験も浅かった。料理長《シェフ》や二番手のスーシェフはすでに決まっていたため、隼介は最下位の助手からはじめることになった。

『オーナーの身内といえども、特別扱いはしない。上にのぼりたいなら相応の実力を示して、自分の力で上がってくるんだ』

『はい』

厨房において、料理長の命令は絶対である。厳しい上下関係は学生時代の部活動で慣れていたため、隼介は逆らうことなく命令に従った。前の職場ではコース料理をまかされていたが、このレストランでは掃除や皿洗いといった下働きばかり。それでも懸命にこなしていると、やがて食材の下ごしらえを頼まれるようになった。

『隼介、シェフがおまえのことを褒めていたぞ。礼儀正しくて根性もあるって』

『本当か？』

『ああ。下ごしらえも丁寧だし、仕事がはやくて助かるとも言っていた』

それは前の職場で五年間、朝から晩まで師匠にしごかれていたおかげだろう。隼介の師匠はどこかの高級ホテルで総料理長をつとめていてもおかしくないほどの、卓越した技術とセンスの持ち主だったのだ。

与えられた仕事を全力で行っているうちに、隼介はシェフから目をかけてもらえるようになっていった。下ごしらえを経《へ》て付け合わせや前菜、メイン料理と進歩していき、より多くの経験を積むためにコンクールにも出場した。そして数年後には自力でスーシェフの地位まで到達したのだ。

そこまではなんの問題もなかった。いや──違う。

(水面下で燻《くすぶ》るものはあったのに、俺が気づかなかっただけだ)

内外から認められ、順調に出世していく隼介のことを、シェフ以外の同僚は快《こころよ》く思ってはいなかった。シェフが有名ホテルに引き抜かれてからは、厨房に自分の味方はいなくなり、孤立した状態が続いた。

もともと人づき合いが苦手で、愛想がないと反感を買っていたのだ。強面もこけおどしに過ぎず、攻撃しても反撃されないと舐《な》められたせいで、小さな嫌がらせをされることは日常茶飯事《さはんじ》だった。くだらないと思って無視していたのだが、それが「あの事件」を引き起こすきっかけになってしまうとは……。

軽く頭をふった隼介は、話を続けた。

「去年の秋ごろ、猫番館に生意気なパン職人が乗りこんできたんだ。事もあろうにうちのパン職人の座を狙ってな。話を聞けば、そいつも俺と似たような境遇で、仕事仲間とうまくつき合えなかったらしい」

そのとき彼にかけた言葉を、いまでもはっきりと憶えている。

『技術は大事だが、それだけを極めても一流にはなれない。誰とでも仲良くするべきとは思わないし、高瀬姪を見習えとも言わないが、社会人として必要なコミュニケーション能力は身に着けたほうがいい。気持ちよく仕事をするためにも』

どこか自分と似た彼を奮《ふる》い立たせるために、上司の立場で発した言葉。

しかし本当は、自分にそんなえらそうなことを言える資格はない。いまから思えば、あれはパン職人の彼だけではなく、不器用な過去の自分に向けた言葉でもあった。

「けど、同僚と不仲だってことくらいじゃ、俺は店を辞めなかったと思う」

「……直接の原因は、やっぱりあの事件か」

表情をゆがめた兄が、ぽつりと言う。

「そうだ。あれが……決定的だった」

目を閉じると、胸の痛みとともに、当時の光景が鮮明に浮かび上がってくる。

あの日、店の売上金が行方不明になるという事件が起こった。営業終了後に集計し、金庫にしまったはずの現金が、朝になると消えていたのだ。スタッフ総出で探したものの見つからず、料理人のひとりが、あろうことか隼介に疑いをかけた。

『俺、見ましたよ。レジ締めしたあとに天宮が金庫を開けているところ』

隼介はその日、出張シェフの依頼を受けて外出していた。店に戻ったのは閉店後で、出張で得た売上金を金庫に入れたのだ。その姿は防犯カメラの映像にも残っており、それから事件が発覚するまで金庫に近づいた者はいなかった。

――そんな馬鹿《ばか》な。

『違う。俺は何もやっていない』

当時の隼介は、離婚からさほどの月日が経過していなかった。そのため、元妻に多額の慰謝料を支払ったせいで、金に困っていたのではないかと疑われてしまった。

もちろんそれはデタラメだ。法的責任はなかったのだから、自分は慰謝料など支払ってはいない。そう主張したが、こちらに不利な状況だったこともあり、居合わせた者たちは隼介に疑念を抱いた。そしてそれは、兄も例外ではなかったのだ。

あとからふり返れば、疑われたのはほんの短い時間だ。しかし隼介は、一瞬でも疑惑の目を向けてきた兄に対して、大きなショックと失望を覚えた。

「兄さんだけは、何があっても信じてくれると思っていた。それなのに、と」

「…………」

そのことは、兄にとっても苦い記憶だったのだろう。後悔の念が表情ににじみ出ている。

結局、売上金は最初に隼介を疑った料理人が、別の場所に隠していた。のちに調べたところ、防犯カメラの映像が、何者かによって編集された形跡も見つかった。

彼はふとした拍子に金庫の暗証番号を知り、隼介を罠にはめようとしたのだ。ずっと疎ましく思っていた隼介の信用を、地に落としてやりたかったらしい。兄に疑われたこともショックだったが、そこまで他人に憎まれていたことにも衝撃を受けた。

すべてが明らかになると、くだんの料理人には相応の罰が下された。そして仕事環境の改善も行われたが……。

「おまえは退職届を出して、この店から去っていった」

話を締めくくった兄が、隼介と目を合わせる。

「弟のことを信じ切れなかった俺を、いまでも恨んでいるのか?」

「恨んでなんかいない。むしろ申しわけなかったと思っている。俺が辞めたあとも困難続きで、しばらくは売り上げも落ちこんでいたと聞いたから」

しかし兄はそんな逆境にもめげることなく、みずからの力で店を立て直した。現在も人気店として存続できているのは、兄のみごとな経営手腕の賜物《たまもの》だ。

「この店は俺がいなくても、兄さんさえいれば問題なくやっていける。でも猫番館は俺がいないとはじまらない」

小さなホテルから出発した料理人の道は、このレストランを経由して、別の小さなホテルにつながっていた。宿泊客に限らず、従業員にとっても居心地のよいそのホテルが、自分の旅の終着地。だからもう、自分がそこから動くことはないだろう。

口の端を上げた隼介は、はっきりとした声音で言い切った。

「俺はホテル猫番館の料理長だ。それ以外の何者でもない」


「もしよかったら、近いうちに猫番館に泊まりに来てくれ。歓迎する」

「ああ、考えておくよ」

話が終わると、室内は長い沈黙に包まれた。気まずさは感じない。お互いに言いたいことを伝えられたから、気分はすっきりしている。

「――そうだ。兄さん、これを」

ふいに思い出した隼介は、ここに来るときに持ってきた紙袋を兄に渡した。

「うちのパン職人が焼いたものだ。猫番館に石窯はないが、なかなか美味いぞ」

袋の中には、半分サイズにカットしたバゲットや、クロワッサンに黒糖くるみあんパンなどが個別に包装されて入っている。石窯を使わなくても、猫番館のパン職人はこれだけのものがつくれる。それを知ってもらいたかった。

袋を受けとった兄は、中身を確認してから顔を上げる。

「せっかくだから、お茶請けにひとついただこうか」

そう言って兄がとり出したのは、ふっくらと焼き上がったメロンパンだった。紗良が試作を重ね、新商品として完成させたものだ。

ほかにも菓子パンはあるのに、なぜそれを選んだのか。

隼介の脳裏に、在《あ》りし日の光景がよみがえった。子どものころ、兄と分け合って食べたメロンパン。もしかしたら兄も、同じことを思い出したのかもしれない。

「隼介、半分いるか?」

「ああ」

ナイフを使ってきれいに切り分けられたメロンパンは、平等な二分の一。昔とは異なるそれは、兄と対等になった証《あかし》のようで、なんだか誇らしい。

ふっと笑った隼介は、満たされた気持ちでメロンパンを受けとった。

Tea Time

四杯目

三月も終わりに近づくと、ホテル猫番館《ねこばんかん》のイングリッシュガーデンは、次第に春の様相を呈《てい》してきました。

やわらかな水色の空の下で咲きはじめたのは、可愛《かわい》らしい早生種のチューリップ。鉢植《はち》えにはスタンダードな一重咲きと、華やかな八重咲きの花が植えられています。

チューリップは品種によって、開花時期が異なります。猫番館ではリレー咲きを楽しむために、中生種と晩生種の球根も植えたようですね。順調に行けば、一カ月ほどは色とりどりの可憐《かれん》なチューリップを愛《め》でることができるでしょう。

ひらひらした花弁と、ほのかに甘い香りが特徴的なスイートピーや、薔薇《ばら》のように豪華な花を咲かせる、ピンク色の乙女椿《おとめつばき》。浅黄水仙《あさぎすいせん》、菖蒲水仙《しょうぶ》、香雪蘭《こうせつらん》といった美しい和名を持つフリージアも、色あざやかに咲き誇っています。そんなみごとな花々をながめていると、心がはずみ、楽しい気持ちになってきました。

『こんにちは、マダム』

『いいお天気ですねえ。お昼寝するのにちょうどいいわ』

『姉さん、また美味《うま》いものを持ってこいって、下僕に頼んでおいてくれよ』

ホテルの敷地内には、何匹かの野良《のら》猫が入りこんでいました。ここはわたしのお城ですが、その程度で目くじらを立てるほど狭量ではありません。よほど素行の悪い猫でない限りは、敷地内で過ごすことを許しています。このホテルが「猫」という名を冠している以上、該当する者には寛大でなければなりません。

一通りのパトロールを終えたわたしは、館内に戻ることにしました。従業員用の出入り口に向かう途中には、喫茶室のテラスがあります。テラスに面した薔薇園はシーズンオフなのですが、テーブル席には一組の男女が座っていました。

年齢は三十代の前半くらい。どちらも左手の薬指にリングをはめているようなので、おそらく夫婦だと思われます。人間の基準で見れば、男性のほうはかなりの美形といってもいいでしょう。一方の女性は小柄でぽっちゃりしており、可愛らしい印象です。

わたしが近くで見ていることには気づかずに、彼らは苺《いちご》が載ったケーキと紅茶を楽しみながら、親しげに会話をかわしています。

「……というわけで、五月から横浜《よこはま》の支店に異動することが決まったの」

そう言って、彼女はティーカップをソーサーの上に置きました。立ち聞きした話によると、彼女は旦那《だんな》様の転勤で横浜に移り住んでからも、東京の書店で働いていたようです。そしてこのたび、めでたく家から近い支店に異動することが決まったとか。

「いいことだと思うけど……。そのわりには顔が暗いな」

彼の言葉には同感です。彼女は憂《うれ》い顔で、あまりよろこんでいるようには見えません。

「時短勤務とはいえ、いまは通勤するだけでも一時間半はかかってるだろ。保育園の迎えも大変だし、近いところに移れるならよかったじゃないか」

「うん、楽になるのは嬉《うれ》しいよ。でもそれ以上に悲しいことが……」

「悲しいこと？」

こくりとうなずいた彼女は、「だって」とつぶやきました。

「職場が横浜になったら、完全にあの町から離れちゃう」

「そんなに遠い場所じゃないんだから、休みの日にでも遊びに行けばいいだろ。俺の実家もあっちにあるし、職場が変わったくらいで切れるような縁じゃない」

「そうだけど、これまでは週五で通ってたでしょ？　だから環境が変わるのがさびしくて。諒《りょう》ちゃんがもう少し大きくなったら、蓮《れん》さんがお迎え当番の日には、仕事帰りにひとりでご飯を食べに行けるかなって思ってたのに」

「それなら横浜でもできるだろ。むしろあのへんより、こっちのほうが店も多い」

「横浜には『ゆきうさぎ』はないでしょ？　私はあのお店でご飯が食べたかったの」

「ああ……そういうことか」

言葉と表情から察するに、そのお店は彼女にとって、とても大事な場所なのでしょう。しょんぼりする彼女に、彼は優しく微笑《ほほえ》みながら言いました。

「近いうちに休みを合わせて、一緒に食べに行こうか。ランチなら諒も連れて行ける」

「いいの？　うわぁ、楽しみ！」

「家族三人だと、最近はファミレスしか行ってないしな。いい気分転換になると思うよ」

仲のよいふたりを見つめていると、こちらも幸せな気分になります。あたたかな気持ちに包まれながら、わたしはそっと彼らのそばを離れました。

人間はわたしたち猫よりも、はるかに複雑な心を持つ生き物。それゆえに感情を揺り動かされ、悩むことも多いのでしょう。日常に疲れた人々の心身を癒《いや》し、夢のような空間でゆったりとくつろいでいただくために、ホテル猫番館は在《あ》るのです。

そこにいるだけで心が安らぐ、お気に入りの場所。

すべてのお客様にとって、猫番館はいつでもそんなホテルでありますように。

Check Out

ことの終わり

小麦粉と酵母《こうぼ》、塩と水、そして大麦から抽出されたモルトエキス。

シンプルな材料を使ってこね上げた伝統的なパン《パン・トラディショナル》の生地は、ひとつにまとめて容器に移す。一晩かけて発酵《はっこう》させるため、容器を冷蔵庫に入れたら、今日の作業は終了だ。

「それじゃ、お先に失礼しますね」

「ああ」

「お疲れ様ー」

厨房《ちゅうぼう》を出た紗良《さら》は、白いエプロンと衛生帽子をとり、ふうっと大きな息を吐いた。三月末にもなると気温が上がり、動き回っていると帽子の中が蒸れてしまう。こうした些細《ささい》なことからも、新しい季節の到来を感じる。

（朝晩もだいぶあたたかくなったし、春が来たって感じね）

更衣室に入った紗良は、コックコートを脱いで私服に着替えた。

陽気に誘われるのか、春は心が浮き立ち、外に出たい気持ちも高まる。

お休みの日にはお洒落《しやれ》をして、桜木町《さくらぎちよう》や関内《かんない》のあたりを散歩したい。横浜港《よこはま》に面した山下《やました》公園で、行き交う船やベイブリッジをながめるのも楽しそうだ。レストランやカフェなどで開催されている苺《いちご》フェアにも、いまのうちに一度は行っておきたい。

（その前に、新しい服を買いに行かないとね……）

着替えを終えた紗良は、自分の姿を見下ろした。

仕事がある日は従業員寮とホテルを行き来するだけで、敷地から一歩も出ない。厨房ではコックコートを着ているため、私服はどうでもよくなっている。今日は部屋着のようなゆるい形のシャツワンピースにデニムジャケットを羽織っているが、どちらも数年前のセールで買ったものだ。

靴は履《は》き古したスニーカーで、バッグに至ってはただの巾着だ。前に何かのノベルティでもらったのだが、これが意外と使いやすい。財布とスマホに部屋の鍵、そしてハンカチとリップクリームしか荷物がないので、小さな袋があればじゅうぶんなのだ。

（美容室は半年に一回行けばいいほうだし、お化粧もめったにしないから、やり方がよくわからない……）

今年で二十五歳になるというのに、果たしてこのままでいいのだろうか。

可愛《かわい》いものやきれいなものを見るのは好きだし、以前にひとめぼれして買ったエナメルのパンプスは、いまでも大事にしまっている。ここぞというときに履こうと決めているのだが、現在は観賞用と化していた。

仕事のときはお洒落などしている場合ではないけれど、せめてプライベートではもう少し、服装や髪型に気合いを入れてもいいかもしれない。

(とりあえず、近いうちに小夏《こなつ》さんを誘って買い物に行こう)

自分よりもファッションに詳しい彼女なら、きっといいアドバイスをしてくれる。

更衣室を出た紗良は、従業員用の出入り口を通ってホテルをあとにした。

まだ十五時過ぎなので外は明るく、春らしい、ほのかに甘い香りを含んだそよ風が吹いている。こちらは裏庭のため、表のイングリッシュガーデンや薔薇《ばら》園のように手入れが行き届いているわけではない。それでもタンポポやホトケノザといった野の花がところどころに咲いており、心をなごませてくれる。

「あ……」

寮に向かって歩いていると、一本だけある染井吉野《そめいよしの》の木の下に、私服姿の要《かなめ》が立っていた。カメラを構えた彼は、下からのアングルで桜の写真を撮っている。

(どうしよう。このまま行けば邪魔しちゃうよね)

要の気を散らさないよう、撮影が終わるまで待つことにした。その場に立ち止まった紗良は、満開の桜の下で写真を撮り続ける要の姿をじっと見つめる。

今日は仕事が休みだから、趣味のカメラを楽しんでいるのだろう。要の足下には箱型のショルダーバッグが置いてあり、かたわらには三脚も立っている。春の庭園は見どころがたくさんあるから、写真の撮り甲斐《がい》もありそうだ。

(カメラのことは詳しくないけど)

要が撮影に対して、真剣に取り組んでいることはしっかり伝わってきた。

多趣味の彼はチャレンジ精神が旺盛《おうせい》で、さまざまなことに手をつけている。しかしどれも広く浅い感じで、飽きるのもはやかった。けれどカメラだけは、何年も前から続けているそうだ。要にとっては、それだけ特別なことなのだろう。

しばらくすると、撮影が終わったようだ。カメラを下ろした要は、満足そうな表情で息をつく。そしてようやくこちらの存在に気がついた。

「あれ？　紗良さん、いつからそこに」

「さあ、いつからでしょう？」

にっこり笑って、普段の要のような台詞《せりふ》を言ってみる。彼は一瞬、虚を衝《つ》かれたような顔になったが、すぐに口の端を上げてにやりと笑った。

「なるほど。時間を忘れるくらいに見とれていたわけか」

「ええ、たしかに見とれていましたね。目が離せませんでした」

「……………」

　まさかあっさり認めるとは思わなかったのだろう。要はふいと視線をそらし、「それはどうも」とつぶやいた。いつもとはまったく違った、ぶっきらぼうな態度。どう反応していいのかわからず戸惑うような顔は、おそらく素の表情だ。

「もしや照れていたりします？」

「照れてない」

(要さんは誰にでもいい顔をするけど、それが本心ってわけじゃない)

　約一年、同じ職場で働いたことで、要の人となりはなんとなくわかった。この人はとにかく本音を見せない。分厚い外面《そとづら》が完璧すぎて、なかなかその奥を見せてはくれないけれど、そこにどのような素顔が隠されているのかは気になる。

　なぜ興味を持ってしまうのか。その答えはもうわかっている。

「今日はずっと撮影を？」

「ああ。近所を回って桜の写真を撮っていたんだ。山下公園にも行ってきたけど、枝垂《しだ》れ桜がきれいだったよ。あとは横浜公園の横浜緋桜《ひざくら》」

「横浜緋桜？」

「寒緋桜と……あとはなんだったかな。とにかく何かを交配して、新しく生み出された品種だよ。横浜の人がつくり出したものなんだってさ。染井吉野よりも濃いピンクで、すごく華やかだったな」

「はじめて知りました……。いいなあ、見てみたい」

「現像したら写真を見せてあげるよ。暇があったら実際に見に行ってみるといい」

カメラをバッグの中にしまった要は、おもむろに立ち上がった。紗良のほうに視線を向けると、何かに気づいたかのように瞬《まばた》きする。

ゆっくりと近づいてきた彼は、紗良の前で足を止めると、そっと手を伸ばした。髪の毛についていた桜の花びらをつまみ上げ、口元をほころばせる。

「薔薇もいいけど、桜もなかなか捨てがたい」

「？」

「紗良さんに似合う花」

不意打ちでささやかれた言葉は、果たして本心なのか。それとも……。

桜のように頬《ほお》を染めた紗良の中で、何かが花開こうとしていた。

※この作品はフィクションです。実在の人物・団体・事件などにはいっさい関係ありません。

集英社オレンジ文庫をお買い上げいただき、ありがとうございます。
ご意見・ご感想をお待ちしております。

● あて先
〒101-8050　東京都千代田区一ツ橋2-5-10
集英社オレンジ文庫編集部 気付
小湊悠貴先生

ホテルクラシカル猫番館
横浜山手のパン職人《ブーランジェール》4

集英社
オレンジ文庫

2021年 4 月25日　第1刷発行
2022年10月 9 日　第2刷発行

著　者　小湊悠貴
発行者　今井孝昭
発行所　株式会社集英社
〒101-8050東京都千代田区一ツ橋2-5-10
電話【編集部】03-3230-6352
【読者係】03-3230-6080
【販売部】03-3230-6393（書店専用）
印刷所　凸版印刷株式会社

ISBN 978-4-08-680375-5 C0193